무성한 떨림

Joyful Vibrations

무성한 떨림 Joyful Vibrations

1판 1쇄 발행	2023년 9월 10일
지은이	이춘희
발행인	이선우
펴낸곳	도서출판 선우미디어

등록 | 1997. 8. 7 제305-2014-000020
02643 서울시 동대문구 장한로 12길 40, 101동 203호
☎ 2272-3351, 3352 팩스: 2272-5540
sunwoome@daum.net
Printed in Korea ⓒ 2023. 이춘희

값 15,000원

ISBN 978-89-5658-736-3 03810

무성한 떨림

Joyful Vibrations

이춘희 한영 수필집

선우미디어 sunwoomedia

삶의 진한 영혼

김정기 시인

이춘희 작가의 수필은 압축되고 섬세한 삶을 바탕으로 하여 세상을 보고, 사물을 보고, 인생을 보는 아름다운 상상력을 통하여 표현하기 때문에 더욱 작품 내용엔 깊이가 있고 진지함이 있고 감동이 있다. 자신의 상념 속에 머물러 있는 추억을 사상과 감성으로 여과시켜 표현의 미학으로 형상화한 것이 수필이다. 여기서 표현의 미학이라 함은 바로 문장력을 의미한다. 아무리 해박한 지식이나 풍부한 체험 요소를 가졌다 하더라도 문장력이 뒷받침되지 않는다면 좋은 수필이라고 할 수 없다. 깊은 사유와 통찰력으로 빚어낸 글, 간결 평이하면서도 진솔함이 배어있는 문장 속에는 감동의 샘물이 흥건하게 고이기 마련이다. 이춘희 작가의 작품은 작가의 내면을 들여다보며 감정이입을 경험하게 한다. 이런 관점에서 볼 때 이춘희 수필가는 문장의 묘미를 터득한 원숙한 수필가라 할 수 있다.

≪고도를 기다리며≫는 무(無)에 대한 연극으로 유명하다. 블라디미르와 에스트라공은 자신들이 왜 지구에 오게 되었는지 모르는

한 쌍의 인간이다. 그들은 자신들의 존재에 어떤 의미가 있을 것이라는 빈약한 가정을 하고 나름 대로의 깨달음을 얻기 위해 고도(Godot)를 열심히 찾고 있다. 의미와 방향에 대한 희망을 품고 있으므로 자신의 허무한 존재를 뛰어넘을 수 있는 일종의 고귀함을 얻게 된다는 연극비평가들의 이야기는 시사하는 바가 크다.

기다림은 목적을 필요로 하지 않는다. 기다림 그 자체로 충분히 희망적이다.

-<고도를 기다리며> 말미

문학은 언어를 통해 구축된 삶의 실상이다. 그 안에 살아 움직이고 있는, 강한 의식의 주체들이 있는 힘을 다해 자기에게 주어진 삶을 꾸려 나가고 있다. 인간은 무엇인가에 자신을 몰입시켜 그 안에서 보람과 행복을 찾고자 하는 소망을 가지고 있다.

몰입해서 하는 일이란 가치 있는 것이다. 시인 보들레르는 인간은 어느 하나에 미쳐야 한다고 했다. 그의 수필 안에는 압축된 삶의 진한 영혼이 서려 있다. 그 영혼을 만나기 위해 본격 수필의 매력을 찾아 나섰던 것이다.

돌아가시기 1년 전의 일이다. 무슨 예감이 드셨던 걸까? 느닷없이 수의에 관한 이야기를 꺼내셨다. 내가 아는 사람들은 수의를 마련하느라 이곳저곳 알아보고 다닌다고 말씀하면서 당신을 위해서는 따로 수의를 준비하지 말라고 하셨다. 색깔이 곱고 화려한 한복을 입혀달라고 당부하셨다. 첫 외손자의 결혼식에 입으셨던 핑크빛 나는 보라색 저고리에 진한 청색 치마를 수의로 입으신 어머니는 살아 계신 듯 화사했고 편안해 보였다. 아름답게 일생을 살아온 어머니는 아름다운 죽음을 맞으셨다.

-<어머님께 드리는 송가> 중에서

이춘희 작가는 본격수필을 통해 자신만의 문학론을 갖고, 그 순수와 향기를 영원히 간직하기 위해, 짧은 기간 속에서도 본격수필을 완성해 내었다. 어머님에 대한 애틋한 그리움을 넘어 가슴에 묻은 불길을 잠재우듯 어머님을 품었다.

뚝뚝 흐르는 물을 타올로 닦으며 걸어오는 청년, 암으로 고생하는 삼촌을 위해 3년 전부터 이곳에 온다고 한다. 아직도 어려 보이는 그가 그렇게 대견해 보일 수 없다. 벌벌 떨고 있는 그에게 따뜻한 코코아를 사서 갖다주었다. 환하게 웃으며 두 손으로 받아 마신다. 푸근하고 사랑스럽다.

근처의 바에 들러 한 모금의 술로 몸을 덥히고 왔다는 중년 여인은 "얼음덩어리가 떠다니는 차가운 바닷물에 처음으로 몸을 담그는 그 몇 초가 가장 힘들다. 마치 피가 거꾸로 솟아오르는 듯하다. 그러나 바다에서 나왔을 때의 그 황홀함은 경험해 보지 않으면 모른다. 렌트 걱정, 아이들, 후회, 번민 등 모든 스트레스가 순식간에 사라져 버린다. 정말 믿기지 않을 정도로 새로운 세상이 내 앞에 펼쳐진다."라고 말한다. 그렇게 이야기하는 그녀는 마치 신기한 물건을 발견한 어린아이 같다. 그녀는 남편이 장암으로 세상을 떠난 후부터 암으로 고생하는 어린아이들을 돕는 이 단체의 행사에 해마다 온단다.

　남을 돕는다는 것은 충동적으로 되는 것이 아니고 작은 일이라도 분명한 의지와 사랑이 있을 때 성취할 수 있다. 이토록 치열하고 눈부신 겨울은 처음이다. 이런 사람들로 인해 세상은 살만한 곳이 된다.

　이 날의 행사를 위해 주최 측에서는 기차역에서부터 대서양 해변까지 무료 셔틀버스를 운행한다. 만일의 경우를 대비해서 구급차와 라이프 가드, 그리고 프로펠러가 바다 위를 낮게 날고 있다. 보드워크의 카페에서는 코코아를, 스토박스에서는 커피를 무료로 제공한다. 멀리서 달려온 사람들, 동네 주민들, 상인들, 모두들 하나 되는 사랑의 축제다.

　평범한 어느 겨울날, 미리 계획하지도 기다리지도 않았던 폭포처럼 쏟아져 내린 삶, 나는 서리가 하얗게 내려앉은 모래에 무릎을 꿇었다. 불그스레한 둥그런 해가 서서히 바다로 떨어지고 있다.

–<무성한 떨림> 중에서

　제목만 보아도 놀라운 뉘앙스를 주는 작품이다. 작가가 바닷가에 살면서 겪은 삶의 진한 경험이다. 한 사람의 살아있는 경험을 바탕으로 쓴 역사적 기록의 한 페이지라 할 수 있습니다.

　또 이 책에는 이춘희 작가 개인의 추억담 외에도 인문학과 미학에 대한 깊은 이해와 성찰들을 많이 엿볼 수 있다

　내가 특히 보고 싶었던 그림은 베르메르의 <진주 귀걸이를 한 소녀>였다. 그림에 대한 깊은 조예가 없는 나는 네덜란드 화가는 반

고흐나 렘브란트가 전부이다. 베르메르라는 생소한 이름이 특히 각별하게 다가온 것은 트레이시 슈발리에의 소설 ≪진주 귀걸이를 한 소녀≫를 읽은 후부터였다.

웨스트 갤러리에는 <진주 귀걸이를 한 소녀>를 비롯해 프릭이 소장한 베르메르의 다른 그림 3점 <여주인과 하녀> <음악에 방해받은 소녀> <장교와 웃는 소녀>가 나란히 전시되어 있었다. <북 유럽의 모나리자>라고도 불리는 <진주 귀걸이를 한 소녀>의 그림 앞에는 많은 사람이 모여 흠모하듯 그녀를 올려다보고 있었다.

-<진주 귀걸이를 한 소녀> 중에서

예술적인 향기가 풍기는 작품이 아름답게 스며든다. 필자도 오래전부터 베르메르를 흠모하여 그의 많지 않은 작품전에 몇 번이나 가서 〈우유 따르는 여자〉를 시로 써서 발표한 적도 있다. 무엇인가에 열렬히 집착하거나 몰입하는 것은 둥지를 마련하기 위한 하나의 방편이다. 이춘희 작가에게 그 대상은 거창한 무엇이 아니라 소박하게 경험을 꼼꼼하게 기록하는 것이고, 유심히 관찰하는 일이었다. 얼마나 어려운 일인가. 이 자체만으로도 충분히 박수를 받을 만하다 아름다운 일상이라 자랑스럽다

허리케인 샌디가 뉴욕을 휩쓸고 지나갔다. 전쟁을 치른 후의 폐허 같이 황량하고 어수선했다. 뒷마당의 오래된 큰 나무가 뿌리째 뽑혀 나가 마당 한가운데 쓰러져 있었고 철제담장도 곡선으로 휘어졌다. 벤치는 저만치 나뒹굴어졌고 나뭇가지가 반쯤 부러진 채로 공중에

거꾸로 매달려 있기도 했다. 차위로 쓰러져 있는 나무들이 눈에 띄었다.

무엇보다 물이 넘쳐 집안에 갇혀있는 동네 사람들을 보는 것은 안타까웠다. 큰 나무토막들은 길거리를 막았고 군데군데 끊어진 전선 줄, 교통신호등, 어느 것 하나 제대로 되어 돌아가는 것이 없었다. 다른 세상에 온 것처럼 생소한 풍경들이었다. 마치 유령촌에 들어온 것만 같아 섬찟한 느낌마저 들었다.

내 생전 이런 광경은 처음이다. 수많은 사람이 생명을 잃고 재산을 잃었다. 미리 방지하거나 피할 수도 없는, 그래서 할 수 있는 것이라고는 아무것도 없는, 거대한 힘 앞에 선 나약한 인간의 모습을 보았다.

전기가 나갔다. 사방이 갑자기 캄캄해졌다. 난방이 되지 않아 방 안 온도는 40도까지 내려갔다. 가스보일러로 큰 냄비 세 개에 뜨거운 물을 한가득씩 담아 방 한가운데 놓고 지냈다. 희미한 촛불 아래 할 수 있는 것이라고는 아무것도 없었다. 그동안 책꽂이에 꽂아두기만 했던 백석의 시집을 읽었다. 오랜만에 남편과 이야기도 나누었다. 정말 사는 것 같았다. 옷을 겹겹이 끼어 입고 담요를 두 장씩 덮고 잤다.

낮에는 반스 & 노벨 큰 서점에서 소일했다. 그곳에는 이미 전기가 들어와 있었기 때문이다. 많은 사람이 모여 앉아서 서로의 경험담을 나누고 있었다. 뒷마당에 텐트를 치고 캠프파이어를 하며 캠핑 온 것처럼 지낸다는 젊은 남자, 일주일 동안이나 샤워를 못 한 것이 제일 괴로워 더운물을 얻어다 머리 샴푸만 했다는 중년 여인, 장작을 태우며 벽난로 앞에서 로맨틱한 시간을 보냈다는 중년 부부, 오바마를 뽑느냐 아니면 롬니를 뽑느냐로 열변을 토하는 대학생들의 이야기는 시간 가는 줄 모르게 이어졌다.

"나는 나 자신을 자연에 맡겼다. 수없이 많은 봄, 여름, 가을, 겨울을 살면서 마치 그 계절을 사는 것 이외에는 다른 할 일이 없는 사람인 양 살아왔다. 아, 나는 가난과 고독으로 얼마나 풍성해질 수 있었던가."라고 헨리 데이비드 소로는 무명과 가난이 주는 행복을 이야기했다.

촛불과 함께 지냈던 열흘간은 가장 단순하고 명쾌한 나날들이었다. 가진 것이 많아서가 아니라 너무 없어 행복했던 시간들을 언제 어디서 또다시 만날 수 있을까.

폭풍이 지난 후의 가을 나무들, 눈부시게 물들고 있었다.

-<허리케인 샌디>의 일부

허리케인 샌디의 위력은 필자도 체험한 공포였다 이춘희 작가의 경험은 수필의 본질적 측면인 내면적 사유와 성찰을 폭넓게 보여주고 있다. 악천후의 도시 속에서도 세상을 통찰하고 자신을 성찰하는 작가의 성숙함이 무르익을 대로 익어 색다른 아름다움을 연출하기도 한다.

코로나바이러스로 수개월 동안 집에서 보내는 시간들이 나에게는 결코 답답하거나 지루하지 않았다. 음식도 장만하고 책도 읽으며 보내는 날들이 안온하고 행복했다. 햇빛 좋은 날, 베란다에서 파도 소리를 듣기도 하고, 머리 깃털을 바닷바람에 흩날리며 지평선을 바라보며 거의 5분 동안을 꿈쩍하지 않고 서 있는 갈매기들의 여유 있는 일상을 부러워하기도 했다. 바다, 파도 소리, 바람, 새는 늘상 내 가까이에 있었으나 그동안 제대로 볼 수도 들을 수도 없었다. 나는 정작 중요한 것은 잊은 채 무작정 앞만 보고 달려온 내가 가엾게 느껴졌다.

19세기 미국의 자연주의 철학자, 헨리 데이비드 소로는 수많은 사람의 심금을 울린 그의 책 ≪월든≫에서 말한다. "우리는 더 많은 것을 얻으려고만 끝없이 노력하고, 때로는 더 작은 것으로 만족하는 법을 배우지 않을 것인가? 나는 유람 열차를 타고 유독한 공기를 마시며 천국에 가느니 차라리 소달구지를 타고 신선한 공기를 마시면서 땅 위를 돌아다니고 싶다. 원시시대의 소박하고 적나라한 인간 생활은 인간을 언제나 자연 속에 살도록 하는 이점이 있었다. 그러나 보라! 인간은 이제 자기가 쓰는 도구의 도구가 되어버렸다…. 간소화하고 간소화하라. 하루에 세 끼를 먹는 대신 필요할 때 한 끼만 먹어라. … 가장 야생적인 것이 가장 활기차다."

우리의 진정한 자아와 가장 고귀한 목적으로 돌아오기 위해서 소로는 자연과 함께하는 소박한 삶을 살라 한다. 언제 끝날 것인가? 정상으로 돌아가기를 모두들 애타게 기다리고 있다. 신종 코로나는 우리에게 최악의 기회를 가져다주었다. 그러나 다양한 측면에서 우리의 삶을 재조명할 수 있는 최대의 기회를 주었다.

선택은 우리의 몫이다. 코로나 이후의 세상을 기대해 본다.

-<소박한 삶>의 일부

이번 수필집에서는 나이듦이나 늙음, 병이나 죽음 등에서 파장되는 이야기가 인상 깊게 다가온다. 디아스포라의 삶과 시선이 가장 큰 묶음의 주제였다면, 아마 자기 존재와 삶에 대한 내면적 성찰과 사유가 그 주제이다. 코로나라는 새로운 질병의 회오리바람 속에서 우리는 모두 떨고 있다. 이춘희 작가도 후반에 이른 만큼 늙음과 죽음의 문제가 가까워지고, 삶에 대한 깊은 성찰이 글쓰기에 깊이 자리 잡는 것은 자연스러운 모습이다. 이 같은 주제의 작품이 어쩌면 그의 수필의 핵심일 수도 있다. 수필이 독자를 편안하게 해주는 이유도 여기에 있다. 긴장감 넘치고 뜨거운 이슈도 그의 수필 안에 들어오면 평온과 차분함을 얻는다. 자유, 겸허와 중용, 배려와 사랑, 긍정적 수용 등이 작품 곳곳에 녹아 있다. '성숙과 긍정'이란 그만의 강한 아우라가 여기서 발산된다.

가을을 독서의 계절이라고 한다. 그런데 책 읽는 사람을 보는 일이 점점 드물다. 이런 현상은 인터넷 발달과 스마트폰의 확산이 한몫한 것 같다.

요즈음 사람들은 책이든 최신 뉴스이든 태블릿 등 디지털 방식으로 텍스트를 읽는 것에 익숙하다. 의심할 여지 없이 개인용 컴퓨터, 인터넷, 스마트폰 및 E-리더를 포함한 다양한 서비스가 우리의 읽는 방식을 바꾸어 놓은 것이다. 아마존이 온라인 도서를 출시하고, 전자책은 개인용 컴퓨터, 인터넷, 스마트폰 및 E-리더를 매체로 놀라울 정도로 급성장하였다. 전자책의 장점은 분명하다. 버튼을 클릭하면 원하는 책을 즉시 읽을 수 있다. 무게도 없고 부피도 없어 여행

중에도 여러 권을 가져갈 수 있다. 도서 구입을 위해서 일부러 서점을 찾아갈 필요도 없다. 모든 것이 신속하고 빠르다. 편리한 점이 많다. (……)

수십 년 된 오래된 책들을 뒤적이면 퀴퀴한 종이 냄새가 났다. 책갈피에 끼어있는 누렇게 번져있는 메모 쪽지, 도스토옙스키의 ≪죄와 벌≫, 가난한 학생 라스콜니코프가 죄의식에 시달리다가 창녀 소냐의 순수한 마음에 감동을 받아 자수하는 장면에 색연필로 밑줄을 그어놓은 것을 보면서 콧날이 시큰해져 왔다. 희귀본도 아니고 값나가는 것은 전혀 아니지만 나에게는 무척 소중한 것들이다.

테크놀로지의 눈부신 발전이 우리의 읽기 능력에 해를 끼친다는 말을 자주 듣는다. 하지만 둘 다 공존할 수 있는 방법을 찾으려는 시도는 많지 않다.

현기증 나게 빠르게 돌아가는 시대에 느리고 단순하게 사는 지혜가 필요하다.

종이책은 나를 편안하게 하고 생각하게 한다.

　　　-<테크놀로지는 우리의 독서방법을 바꾸고 있는가?> 일부

이춘희 작가는 50년 가까이 미국에서 산 이민자다. 실존은 주어진 조건, 즉 문화에 적응하는 치열한 현실과 대면이다. 여기에 언어는 필수 요소다. 작가의 이민자 생활은 영어에 익숙해지는 숱한 사연으로 점철되었을 것이다. 그에게 영어는 단지 의사소통의 수단을 넘어 생존의 한 방편이 아니었겠는가. 이런 상황에서 모국어는 자연적으로 멀어지기 마련이다. 그런데 언제부터인지는 모르지만 이춘

희 작가는 모국어로 글을 쓰기 시작했다. 오랜 전통의 한국 문학에 다가가는 황홀한 발걸음이다.

나무는 짙은 안개가 서려 있고 비가 내릴듯한 회색빛 거리는 내가 더블린에 도착했다는 걸 실감 나게 했다. 일생의 3분의 2에 해당하는 기나긴 기간을 유럽의 도시들을 전전하며 살면서도 평생토록 그의 마음을 떠나지 않았던 도시, 제임스 조이스의 고향, 더블린은 오랫동안 내 마음속에 그리던 도시였다. 아일랜드를 여행하기로 결정했던 그 여름, 나는 제임스 조이스의 단편집 ≪더블린 사람들≫을 다시 읽었다.

20세기 초 더블린을 배경으로 한 열다섯 편의 이야기를 묶은 ≪더블린 사람들≫은 아일랜드가 영국의 지배와 로마 가톨릭교회의 압도적인 영향으로 활력을 찾지 못하고 고통스럽고 갑갑한 현실에서 맴도는 정체된 인간들로 가득 찼던 그 시대에 더블린에서 태어나고 자라서 죽은 사람들의 삶을 있는 그대로 예리하게 파헤치고 있다. 타락한 정치와 극심한 가난으로 빈곤과 무지와 환상과 이기심에 의해 고정된 자리에 갇혀 지내면서 체념과 정체 상태에 빠져 마비된 삶을 살아가고 있는 더블린 사람들에게 모욕을 가함으로써 정신적 해방으로 나아가게 하려 했다.

제임스 조이스가 그의 첫 단편집 ≪더블린 사람들≫을 쓰게 된 이유이다.

－<제임스 조이스의 도시, 더블린>의 일부

이춘희 작가는 더러 이민자 작가의 모국어 문학 참여가 향수라는 정념이나 스노비즘에 머문 경우를 목격한다. 하지만 이춘희 작가의 수필은 다르다. 완전히 문학의 핵심을 찌르는 사유의 핵심을 외국작가의 작품에서도 날카롭게 쪼개고 있다.

　미국 작가 레이먼드 카버의 단편소설 ≪별것 아닌 것 같지만 도움이 되는≫은 외아들의 비극적인 죽음을 맞이하는 젊은 부부의 가슴 아픈 이야기를 다루고 있다.

　행복하게 살아가는 평범한 부부가 아이의 생일을 앞두고 생일 케이크를 빵집에 주문한다. 그러나 아이는 불의의 교통사고를 당하고 혼수상태에 빠져 며칠을 보내다 결국은 죽는다. 이를 알 리 없는 빵집 주인은 밤마다 케이크를 가져가라 독촉 전화를 걸었고, 슬픔과 분노로 가득 찬 부부는 빵집 주인을 찾아가 화를 쏟아붓는다.

　상황을 알게 된 빵집 주인은 어쩔 줄 몰라 하며 부부에게 자신이 만든 따뜻한 빵을 대접한다.

　"미안하다는 말을 해야겠소. 내가 얼마나 미안한지는 하느님만이 아실거요. 나는 빵장수일 뿐이라오. … 그렇다고 해서 내가 한 일의 변명이 될 순 없겠지요. 그러나 진심으로 미안하게 됐소. 내가 만든 따뜻한 롤빵을 좀 드시지요. 이럴 때 뭘 좀 먹는 일이 별것 아닌 것 같지만 도움이 된다오… 이 냄새를 맡아보시오. 퍽퍽한 빵이지만 맛깔난다오."라며 자기가 만든 롤빵을 내어놓는다.

　그 롤빵은 따뜻하고 달콤했다. 지독한 슬픔으로 허기를 느끼지도 못하고 있던 부부는 갓 구운 따뜻한 빵 냄새를 맡고 한입 가득 베어

문다. 상가 전체가 시커먼 어둠에 휩싸인 가운데 홀로 불을 밝힌 작은 빵집에서 이제 막 지독한 슬픔을 맛본 부부를 향해, 처음부터 슬프게 살아왔던 빵집 주인은 자신의 이야기를 들려준다. 그의 이야기를 경청하며 부부는 자신들의 삶에 들이닥친 불가해함에 위로를 받는다.

우리가 서로를 진정으로 알거나 우리의 삶을 완전히 통제하는 것은 불가능할 수도 있지만, 다른 사람들을 이해하려는 우리의 시도는 우리의 삶을 가치 있게 만드는 '작고 좋은 것'이라고 한다.

-<작고 좋은 것>의 일부

인생의 소소한 진실의 나눔에도 즐거움이 있다. 어떤이는 책을 읽는 내내 필자의 관찰자 렌즈에는 무지개 빛깔이 들어가 있는 것 같다고 했다. 이유는 한 분야에 헌신하는 깊이 속에서도 늘 유머와 재치의 기쁨을 한가득 담고 있기 때문이다

이춘희 작가의 글은 읽어 내려갈수록 삶에 대한 통찰과 지혜를 얻는 기쁨이 있었다. 지혜를 터득하는 길에 들어설 것을 확신한다. 수필집에 실린 글들 중에는 문학인의 눈을 통해 바라보는 세상은 대단히 명쾌하다. 삶의 본질을 보는 진솔함으로 인해 인생에 대한 핵심 가치들을 재발견하게 하는 대목들이다.

안톤 체호프의 소설 〈광야〉 〈떠나온 집〉 〈오늘이라는 하루〉 등이 있다.

이춘희 작가는 한국에 살고 있는 수필가 이상으로 한국어 사용과 그 문장 수사가 뛰어나다. 고유어, 고급 한자어, 고사성어를 문맥에

적절하게 배치하여 문장의 품격을 한층 높인다. 그가 오랫동안 미국 이민자로 생활한 사람이 맞는지 의심이 들 정도로 한국어 구사가 능란하다. 이는 개인적 감수성이나 기질에 연유하기도 하지만, 그의 남다른 의식과 노력 없이는 불가능하다. 그의 수필은 이것 하나만으로도 제 몫을 다했다고 하겠다. 언어와 문화는 그 민족의 정신과 가치를 증류한 것이다. 디아스포라로서 이춘희 작가의 글쓰기가 더욱 빛나는 대목이다.

작가의 말

　나의 수필집은 반세기가 넘는 기나긴 세월 동안 뉴욕에 살면서 내가 사랑하고 목격한 것, 슬픔과 기쁨을 준 것, 고민하고 용기를 준 것, 가능성과 호기심을 갖게 해 준 것, 낯선 땅에서 이방인으로서 아이를 낳고 키우는 외로움과 희망에 대한 누군가와 나누고 싶은 내 일상의 소소한 풍경들이다.

　조각조각 이어서 튼튼한 심을 깊이 박아 넣어 많은 이들이 즐겨 쓰는 부드럽고 아름다운 퀼트(Quilt)를 만들려 했으나 그렇지 못했음을 못내 아쉬워한다. 나는 어디에서 어떻게 살고 있으며 지금 이곳까지 와서 무엇을 하고 있는가. 진실을 말하는 것은 두렵고 힘든 일일 것이다. 그러나 내가 발견할 수 있고 느낄 수 있고 마음이 갈 수 있는 그만큼이 나의 한계이고, 가장 나다운 것이기에 뿌듯하다. 따스한 마음으로 읽어주기를 감히 바라본다.

　그동안 뉴욕문학에 실었던 글들과 뉴욕 중앙일보 오피니언 란에 게재된 글들을 다시 정리해서 마음에 안 드는 대목은 다시 고쳐 썼다. 시인으로 등단한 이후의 최근의 몇 년은 길게 쓰던 산문을 짧게 줄여 쓰게 되었다. 그리고 일부 수필은 동네 북클럽에서 유일한 아시안으로서 가끔 한글번역본을 들춰가면서 만났던 제임스 조이스,

안톤 체호프, 윌리엄 포크너 등, 위대한 작가들의 글에서 뭉클했던 부분을 짧고 또 길게 인용하기도 했다. 그들의 미로와 같은 화려한 문장은 나를 매료시켰고 나로 하여금 글을 쓰고 싶게 만들었다.

무엇보다 수필집 제목을 정하는 것이 쉽지 않았다. 여러 가지 제목을 놓고 오랫동안 고심하다 '무성한 떨림'으로 정하기로 했다. 나날이 내 주위에서 일어나는 뉴스, 걱정, 환희, 슬픔, 실망, 희망, 동경, 이 모든 것들이 끝없는 떨림의 순간들이었다. 기꺼이 모험하고 가능한 한 많은 것들을 사랑하려 했다.

이곳에서 태어난 2세와 3세들을 위해 한글로 된 수필 중에서 21편을 영문으로 번역했다. 번역을 맡아주신 Jamie Jin(진승백)님과 이윤홍님에게 그리고 수십 번의 장거리 전화와 메시지를 주고 받으면서 출간을 위해 큰 수고를 아끼지 않으신 선우미디어 여러분들과 이선우 선생님께 깊은 감사를 드린다.

거리에는 해질녘의 부드러운 햇살이 쏟아지고 있다. 시간의 흐름을 망각한 채, 한없이 주저하고 망설이기만 하는 나에게, 수필집의 추천사를 써 주시고 책을 낼 수 있도록 격려해 주신, 시인 김정기 선생님은, 다 늦은 나이에 시인으로서의 자유로운 삶도 허락해주셨다. 무릎 꿇어 뜨거운 감사와 존경을 드린다. 끝으로, 언제나 내 글의 첫 번째 독자가 되어 나를 믿고 지지해 준 내 남편, 이승우와 감동적인 메시지는 아닐지라도 나의 글을 읽어주시는 모든 독자들에게 무한한 기쁨과 가슴 벅찬 사랑을 드린다.

2023년 8월
뉴욕에서, 이춘희

차례

chapter
4

노년의 아름다움

∽

조각조각 이어서
튼튼한 심을 깊이 박아 넣어
많은 이들이 즐겨 쓰는 부드럽고 아름다운 퀼트(Quilt)를
만들려 했으나 그렇지 못했음을 못내 아쉬워한다.
나는 어디에서 어떻게 살고 있으며
지금 이곳까지 와서 무엇을 하고 있는가.
진실을 말하는 것은
두렵고 힘든 일일 것이다.

∽

고도를 기다리며

결정적 순간

　1월의 끝자락, 바닷바람을 타고 온 새벽공기가 무섭게 차가웠다. 창문 너머로 비치는 광활한 대서양, 눈부실 정도로 선명한 시뻘건 해가 떠오른다. 주홍빛, 초록빛, 보랏빛으로 빛나는 바다, 한 마리의 기러기가 날개를 스치며 낮게 날고 있다. 황홀한 그 순간을 담기 위해 카메라 렌즈를 들이대고 있는 젊은이들이 눈에 띈다. 우리네 삶은 결정적인 이런 순간들로 이루어진다는 생각이 들었다.

　'결정적 순간'이라는 책을 펴낸 위대한 사진가, 까르띠에 브레송은 결정적 순간이란 삶의 한순간을 예리하게 관통하는 의식과 인식의 교호작용, 사진가와 대상 간의 찰나를 소중히 한다. 카메라는 영감과 인식의 결정체인 정신에 따른 눈의 연장이라 했다.

　사진은 보는 것이다. 카메라는 눈의 연장이며 사진을 찍을 때 한쪽 눈을 감는 이유는 마음의 눈을 위해서라 한다.

　잘 보기 위해서는 우선 마음의 눈부터 떠야 하리라. 우리의 삶도 이와 다르지 않으리라.

　레이먼드 카버의 단편소설 ≪대성당≫은 눈은 멀었지만 잘 볼 수 있는 사람의 이야기가 나온다. 어떤 미국 장교가 어느 날 그의 집을 방문하게 되는 아내의 맹인 친구를 맞으면서 이야기는 시작된다. 둘은 TV를 보며 이런저런 대화를 나눈다. 마침 TV는 중세에 대한 다큐멘터리가 나오고 화면이 바뀌고 대성당이 등장한다. 카메라는 파리의 대성당 이곳저곳을 비춰주는데 문득 장교는 맹인이 대성당이 어떻게 생겼는지 알고 있을지 궁금해한다.

"대성당이 어떤 것인지에 대한 감이 있습니까? 그러니까 어떻게 생긴 건지 아시냐구요?"라고 묻는다. 맹인은 솔직히 자신은 대성당에 대한 감이 전혀 없다고 한다. 맹인을 이해시키기엔 대성당은 너무나도 크고 막연한 건축물이다.

막막함에 사로잡힌 장교에게 맹인은 펜과 종이를 가지고 와서 대성당을 그려보라고 한다. 맹인은 장교의 손 위에 자신의 손을 얹고는 대성당을 손과 종이 위의 자국으로 이해하려 한다.

이 소설은 상상을 통해 무언가 배우고 깨닫는 것을 이야기하고 있다. 레이몬드 카버는 "누구나 눈이 달렸다고 해서 모두 볼 수 있는 것은 아니다. 반면에 눈이 없다고 해서 못 본다는 것 또한 아니"라고 말한다.

맹인이 가르쳐 주는 '보는 법'은 눈을 감는 것이다. 진짜로 눈을 감는 것이다. 보이지 않는 벽을 뚫고 불 속에서 쇠를 단련하듯 인내하고 기다리는 것이다, 눈의 순수성을 회복해야 된다는 어느 과학자의 말이 다가오는 순간이다.

대서양 앞에 자리한 콘도에 살면서 바닷가를 따라 보드워크를 자주 걷는다. 걷다 보면 파도를 거슬러 오르는 커다란 고래가 가끔씩 나타나곤 한다. 그럴 때마다 사람들은 고함을 지르고 흥분한다. 미처 보지 못한 내가 이리저리 두리번거리는 동안 고래는 이미 사라진다.

이런 답답함이라니!

이 세상에서 인간이 할 수 있는 가장 위대한 일은 무엇인가를 제대로 보는 일일 것이다.

마치 진흙 속에서 진주를 발견하는 것과 같이 놀라운 일이 아닐 수 없을 것이다. 정작 눈을 크게 뜨고도 보지 못하는 나는 공연히 세상이 아름답지 못하다고 불평하는 것이 아닐까.

눈먼 사람이 어느 날 시력을 되찾아 처음 세상을 바라보는 듯한 그런 생생한 느낌을 가질 수 있는 눈부신 날이 내게도 찾아올 수 있을까.

결정적인 그 순간을 상상해 본다.

로댕의 초상화

　로댕의 흑백 포스터가 침실 앞 벽에 붙어있다. 아침에 눈을 뜨면 제일 먼저 눈에 들어오는 것이 그의 초상화이다. 자신의 조각품 〈생각하는 사람〉을 뚫어지게 쏘아보고 있는, 수천수만 년 아니 영겁의 시간이 흘러도 깨우지 못할 그의 깊고 깊은 눈은 무슨 생각에 잠겨 있을까. 볼 때마다 드는 생각이다.

　'로댕'이라고 불리는 이 커다란 초상 사진은 룩셈부르크 출신의 사진작가 에드워드 스타이켄이 19세기 초, 그가 사진과 그림을 공부하기 위해 유럽으로 건너가서 로댕을 가깝게 알게 되었을 무렵에 찍은 작품이다. 〈빅터 위고(Hugo, Victor)의 조각상〉 그리고 로댕의 초상화를 합성해서 찍은 사진으로 피그먼트(Pigment)를 인화처리를 한 것이다.

　스타이켄은 대리석 형상들을 조명에 의해 나타나는 명암 속에 창조적으로 배치함으로써 사진에 마치 조각과도 같은 입체감을 불어넣었다. 로댕의 얼굴을 단순히 복제한 것이 아니라 눈으로 보이지 않는 그의 내면을 드러나게 하려 했다는 이 사진은 그림같이 보이기도 하고 사진같이 보이기도 하는 미묘한 분위기를 느끼게 한다. "이 사진은 단순한 초상화가 아니다. 예술을 향한 로댕의 고뇌와 열정과 자부심 그리고 위대한 조각가를 향한 나의 경외심이 담겨있다."라고 사진작가는 말했다.

프랑스 예술가 오귀스트 로댕(Auguste Rodin)의 조각품 〈생각하는 사람(The Thinker)〉은 그 이후에 여러 크기의 대리석과 청동판이 많이 제작되었지만 가장 유명한 버전은 1904년에 주조된 6피트(1.8m)의 청동상으로 로댕의 정원에 앉아 있다.

생명을 빚은 거장, 현대조각가의 시조로 불리고 있는 오귀스트 르네 로댕, 그는 예술은 어떤 영감이나 천재성에서 오는 것이 아니라 끊임없이 갈고닦는 노력에서 온다고 했다. 영감이란 없다. 작업만이 있다. 그의 손에는 항상 연장이 들려 있었고 그의 모토는 '끊임없이 일하시오.'였다. 로댕이 ≪그리스도의 제자≫라는 책을 읽고는 '하느님'이라는 단어 대신에 '조각'이라는 단어를 놓아보았다고 한다. 조각을 전지전능한 신처럼 대했다는 그의 성실하고 진지한 마음자세와 사람과 사물에 대한 무한한 관심과 뜨거운 열정은 그로 하여금 차가운 돌 속에 어떻게 인간의 기쁨과 고뇌와 연민과 사랑을 담아낼 수 있을까로 고민했다.

예술작품은 남에게 어떻게 보이느냐 보다 어떻게 잘 만드느냐에 중점을 두어야 한다고 말했던 그는 "나는 최선을 다했으며 누구에게 보이기 위해 아부하지도 않았다. 내가 만든 흉상들은 있는 그대로의 너무나도 솔직한 적나라한 모습이다. 그러므로 불쾌감을 느낄 수도 있다. 그러나 한 가지 분명한 것은 진실하기 때문에 아름답다."라고 했다.

그의 조각품 〈생각하는 사람〉을 뚫어지게 쏘아보고 있는 로댕의 초상화 앞에서 멈추어 선다. 그리고 생각한다.

안톤 체호프의 ≪대초원≫

안톤 체호프의 초기 작품 ≪대초원≫은 9세 된 어린 소년이 삼촌과 함께 마차를 타고 천 리 길이나 된 남부 러시아의 드넓은 광야를 횡단하면서 보고 느낀 순수한 여행기이다. 러시아의 중요한 작가로 처음으로 인정을 받을 수 있었던 작품이기도 하다.

일련의 작고 독립적인 에피소드로 구성된 이 이야기는 주인공, 예고 루슈카가 무슨 일이 일어났는지 이해하려고 시도하고 때로는 다른 사람들의 말을 경청하면서 그때그때 일어나는 사건들이 소년과 저자의 두 관점에서 서술된다. 뜨거운 7월의 어느 날, 키예프에 있는 큰 학교에 입학하려는 소년, 예고 루슈카는 그의 삼촌이고 상인인 쿠즈 미쵸프와 집안 식구이며 은퇴한 신부인 크리스토퍼, 그리고 시장에 가지고 갈 양모를 마차에 가득 싣고 마부와 함께 집을 떠나는 장면에서부터 이야기는 시작된다.

단조롭고 무료한 우크라이나의 대초원 지대를 지나면서 들판 한가운데 '위시 위시' 소리를 내는 풍차 소리, 양치는 목동들, 헤론처럼 가늘고 긴 다리를 가진 젊은 처녀가 곡식의 낟알을 고르는 모습, 찌는듯한 더위, 석양의 새들, 무서운 폭풍, 거대한 침묵, 야생동물의 소리, 구름이 몰려왔다가 곧 흐트러지는 수시로 변하는 하늘 등 대초원의 신비스러움과 아름다움이 소년의 눈을 통해 생생하게 전해진다.

소설에는 다양한 종류의 사람들이 나온다. 자기중심적인 삼촌, 비지니스에는 관심 없는 착하고 어리석은 신부, 친절한 할아버지, 아이들을 끔찍이 아끼는 유태계 엄마, 아름다운 백작 부인, 부랑자 마부 등이 조금도 미화되거나 덧붙여지지 않고 있는 그대로의 모습으로 나온다. 마치 태피스트리에 수를 놓듯 자신만의 자리에서 당당히 존재하고 있었다. 영웅도 악당도 없는 진솔한 사람들의 모습이 얼마나 따스하게 다가왔는지 모른다.

소년은 여행 도중 삼촌과 잠시 떨어져 시간을 보내며 그곳에서 다양한 마차 운전자들을 알게 되고 그들의 삶의 이야기를 듣는다. 결국 지독한 폭풍우를 견뎌낸 그는 삼촌과 재회하고 목적지에 도착하며 이야기는 갑자기 끝나버린다. 작가는 문제를 제기하는 것만으로 충분하다고 했던 그의 이야기는 주인공도 어리둥절한 상태에서 끝난다. 우리네 삶처럼 말이다. 그래서일까? 소설이 끝난 후에도 계속 내 속에 남아 생각하게 한다.

읽어가면서 특히 인상 깊었던 부분은 수백만 년이 흐른다 해도 아무도 눈치채지 못할, 앞으로 나아갈 때마다 덜커덩덜커덩 삐거덕 삐거덕 소리를 내는 낡은 마차, 그 뒤꽁무니에 달랑달랑 매달려 있는 넝마 같은 가죽끈에 대한 작가의 예리한 관찰력이다. 그 가죽끈을 "애처로운 가죽끈"이라 했다. 사랑받지 못하고 주목받지 못하는 것에 대한 그의 연민과 동정을 볼 수 있다. 지극히 인간적인 그의 글을 읽으며 많은 위로를 받았다.

체호프은 어떤 사람일까? 러시안 작가, 나보코프는 "부드럽고 그늘진 그의 산문은 오래되어 빛바랜 담장과 낮게 떠 있는 구름, 그 중간색, 그가 태어난 아조프해에 접한 항구도시, 타간로크 지역의 짙은 푸른빛 감도는 회색빛을 띠고 있다."라고 했다. 제임스 조이스를 비롯해 많은 작가가 그의 영향을 받았다고 한다.

'밝은 노란색 카펫처럼 끝없이 펼쳐진 밀밭, 먼 거리에서 작은 남자가 팔을 흔들고 있는 것처럼 보이며 돌아가는 풍차, 수평선과 맞닿아 있는 진홍색 빛 하늘, 열기와 가뭄 안으로 타오르고 있는 잔디는 이미 운명을 잃은 반쯤 죽은 잔디가 노래하고 있을지도 모른다.'라고 소년은 그의 느낌을 전달한다. 한없이 멀고 끝없이 광활한 초원이 바로 내 앞에 펼쳐지고 있는 듯했다.

자신의 고향인 아조프해에 면한 항구도시 타간로크에 잠시 돌아가 순수하고 자유로웠던 유년을 그리며 썼다고 전해지는 소설 ≪대초원≫은 작가 자신의 자서전적인 소설이기도 하다. 자연을 향한 신비와 감사는 반복되는 주제로서 이 소설의 진짜 주인공은 '대초원'이다. 작가는 색, 소리, 냄새, 맛, 촉감을 의인화시켜 '대초원'을 공감하고 교감하게 했다.

수년 전 러시아를 방문했을 때의 기억이 새롭게 떠올랐다. 빽빽이 서 있는 자작나무들이 마치 동화 속에 나오는 나무처럼 파르스름한 하늘 아래 꼿꼿이 서 있는 모습이 정말 인상적이었다. 고요한 침묵 속에 있는 숲 전체가 온통 은빛으로 눈부시게 빛나고 있는 것이 얼마나 아름다웠는지 모른다.

러시아 사람들의 일상을 주로 그린 그의 글은 당대의 대문호 톨스토이나 도스토옙스키처럼 종교나 죽음, 인간 존재에 대한 심오한 철학을 다루지 않았음에도 불구하고 가슴을 치게 만드는 그 무엇이 있다. 진정한 예술가라면 화학자처럼 객관적이어야 한다.

내가 두려워하는 사람은 나를 어떤 틀 속에 가두어 넣고 규정지으려는 사람들이다. 나는 사상이나 감정을 통일하는 공통이념이 없다. 단지 자유로운 예술가이고자 한다고 말했다.

후대의 독자들에게 자유로운 예술가로 기억되기를 희망했던 체호프, 그의 글은 따스하고 나를 겸허하게 했다. 중년을 훨씬 지난 지금에 와서 그를 더 깊게 알게 된 것은 내 인생의 큰 행운이 아닐 수 없다. 창밖을 내다본다. 늦가을의 가로수들이 빨갛게 물들어 떨어지고 있다.

제임스 조이스의 〈죽은 사람들〉

〈죽은 사람들〉은 제임스 조이스의 단편집 ≪더블린 사람들≫에 나오는 마지막 작품으로 가장 뛰어난 단편 중의 하나로 평가되고 있다. 20세기 모더니즘 소설의 선구자, 제임스 조이스는 더블린 출신의 작가로서 소설, 시, 희곡 등 다양한 분야에서 활동한 세계문학사에 지대한 영향을 끼친 대작가이다. 그의 대표작으로는 ≪율리시즈≫ ≪피네간의 경야≫, 반자전적 소설인 ≪젊은 예술가의 초상≫ 등이 있다.

서정시풍의 이 소설은 파티에서 일어난 사건으로 인해 부부가 서로를 진정으로 이해해가는 감동적인 일화를 담고 있다. 눈이 펑펑 쏟아지는 크리스마스이브에 열리는 연례무도회에 가브리엘 콘로이가 아내 그레타와 함께 참석하면서 이야기는 시작된다.

피아노 연주, 노래와 춤, 마련된 음식 등, 많은 사람이 참석하는 다정하고 즐거운 연회인 것처럼 보이는 이 파티는 매년 되풀이되어 온 형식화된 행사에 불과하다. 이 연회에 참석한 모든 이들은 마비된 삶을 살아가는 사람들로서 이들의 세계에서 살아있는 것은 과거의 기억뿐이며 모든 활동은 죽은 자들의 것처럼 암울하며 무의미할

뿐이다.

　자기중심적이며 자신의 정체성에 대해 확고한 믿음이 없는 주인 공으로 나오는 문학 교수 가브리엘은 다른 사람들의 눈에 자신이 어떻게 보이는가에 관해 끊임없이 염려하고 불안해한다. 이는 전형 적인 더블린 사람들의 모습으로 바로 제임스 조이스 자신을 본뜬 것이라 한다. 실패에 대한 두려움, 완전함에 대한 열망은 인간들의 자연적인 본능이 아닐까? 우리 모두는 가브리엘의 그 무엇을 하나 씩 갖고 있음을 느낀다.

　파티가 끝난 후, 호텔로 돌아온 가브리엘은 아내에게서 육체적 욕구를 느낀다. 그러나 옛사랑을 그리워하고 있던 아내는 자신의 첫사랑 이야기를 들려준다. 충격을 받은 가브리엘은 철저하게 믿고 있었던 아내에 대한 실망, 질투심, 분노 그리고 무엇보다 지금은 이 세상에 존재하고 있지 않은 죽은 사람에게 밀려난 자신의 모습이 몹시 초라해 보였다. '아내는 죽은 연인의 눈을 그토록 오랜 세월 동안 마음속에 꼭꼭 담아 두고 있었구나.'라는 생각이 들면서 이런 감정이야말로 바로 사랑이려니 싶었다. 살아가는 일은 이렇게 애틋 하게 서로 사랑하며 아름다운 추억을 쌓아가는 것임을 깨닫는다. 아내에게 육체적 욕망만을 느꼈던 자신에 비해 그녀의 감정은 얼마 나 순수하고 진정성이 있는가?

　수년간의 결혼 생활을 통해 아내의 과거에 대해 전혀 알지 못했던 것들이 많다는 것을 이제 와 깨닫고 그는 몹시 부끄러워한다. "수치 심으로 벌겋게 달아오른 이마를 아내가 볼까 봐 가브리엘은 본능적 으로 빛을 더욱 등졌다."라고 조이스는 묘사했다. 작가의 예리한 관찰력과 섬세한 묘사가 가슴에 와닿았다. 대가들의 글은 이런 것이구나 했다. 가브리엘은 주변 인물들과의 끊임 없는 접촉과 교류를 통해 자신을 객관적으로 반추하며 고통스러운 자기 인식의 순간을 갖는다.

삶과 죽음의 의미를 고찰하고 타자와의 이해, 나아가서 죽은 자와의 이해로까지 이르는 지식인의 의식을 다루고 있는 ≪죽은 사람들≫은 정신적, 지적 육체적인 타락으로 인해 죽은 사람처럼 사는 더블린 사람들을 이피퍼니(epiphany)라는 개념을 통해 올바른 가치를 깨우쳐 주는 동시에 그들 자신의 모습을 비춰 볼 기회를 주기 위해 이 작품을 쓰게 되었다고 작가는 집필 동기를 밝히고 있다.

가브리엘이 회한과 깨달음에 빠져있는 동안 아일랜드 전역에 눈이 내린다. 소설의 가장 아름다운 마지막 부분을 그대로 옮겨 본다.

"다시 눈이 내리기 시작했다. 그는 은색과 검은색의 눈송이들이 가로등 불빛을 배경 삼아 비스듬히 떨어지는 모습을 졸린 눈으로 바라보았다…. 눈은 어두워진 중앙 평원, 나무 한 그루 없는 언덕 위에도 구석구석 내리고 있었다…. 눈은 언덕 위 외로운 교회 묘지에도 어느 한 구석 빠지지 않고 내리고 있었다. … 그리고 눈이 조용히 전 우주에 떨어지는, 마지막 최후의 하강처럼 모든 산 자와 죽은 자 위로 조용히 떨어지는 소리를 들으며 그의 영혼은 차츰 희미해져 갔다."

눈은 새로운 세계로의 초대이다. 가브리엘 콘로이, 그는 이제 속된 자만심에서 벗어나 새로운 여행을 떠날 것인가?

누구를 위하여 종은 울리나

　"누구든 그 자체로서 온전한 섬이 아니다. 모든 인간은 대륙의 한 조각이며 대양의 일부분일 뿐. 만일 흙덩어리가 바닷물에 씻겨 내려가면 유럽 땅은 그만큼 작아지고 모래톱이 그리되어도 마찬가지다. 어느 누구의 죽음도 나를 감소시킨다. 나는 인류 속에 포함된 존재이기 때문인 것, 누구를 위해 종이 울리는지 알려고 사람을 보내지 말라. 종은 바로 그대를 위해서 울린다." 〈누구를 위하여 종은 울리나〉라는 존던의 시다.

　성공회 신부였던 존던이 살았던 17세기 당시의 영국은 전염병으로 인해 많은 사람이 죽었는데 그가 사는 런던의 어느 마을에서는 사람이 죽을 때마다 교회당의 종을 울리게 했다고 한다. 귀족들은 종이 울릴 때마다 하인들을 시켜 누가 죽었는지를 알아 오라고 시켰고 보고를 들은 뒤 그들은 참석할지 안 할지 판단했다고 한다.

　그런데 어느 날 존던이 전염병에 걸리게 되었고 그는 병상에서 그 종소리를 듣게 되었다. 그 종소리는 자신을 위한 것이라 깨달았다. 그리고 모든 이의 심금을 울리는 이 시를 쓴다. 그는 자신밖에 모르는 당시의 오만한 귀족들에게 "종소리는 바로 너를 위해 울린다.”라고 일갈한 것이다.

팬데믹으로 우리가 겪고 있는 이 상황도 존던이 살았던 그 시기와 별반 다를 것이 없다. 종은 누구를 위하여 울리나? 어리석게 주위를 두리번거리는 동안 삶은 끝나고 있다.

코비드—19는 우리에게 공포와 불안을 가져다주었으나 그 두려움은 우리가 서로 돕고 살아가도록 기회를 주었다. 우리의 상호연결성은 삶의 의미의 일부이다. 자신이 모든 일을 통제하고 헤쳐나갈 수 있다는 헛된 망상에서 벗어나야 한다.

수년 전 어느 더운 어느 여름날, 맨해튼으로 나갔을 때의 일이다. 수많은 사람이 서로 부딪치며 걸어가는 복잡한 미드타운에서 이마에 흐르는 땀을 연신 소매로 문질러가며 길거리에 앉아 빈 깡통을 흔들며 구걸하는 늙은 거지가 있었다. 그를 눈여겨보는 사람은 거의 하나도 없었다. 가끔 동전을 던져주는 쨍그랑 소리만 들릴 뿐, 갑자기 어느 젊은 남자가 $20짜리 지폐를 들고 그 거지 앞에 가서 “Sir, You might need this.”라고 말했다. 고상하고 예의 바른 그의 태도에 나는 적이 놀랐다. 거지는 벌떡 일어나 몇 번이나 고개를 깊숙이 숙이며 그 청년이 사라질 때까지 “God bless you!”를 외쳤다.

갑자기 내 주위가 환해졌다. 연민과 사랑은 단순히 선행을 베푸는 행위가 아니라 상대방 속에서 신의 불꽃을 발견하는 것이라는 토마스 머튼의 말이 큰 폭포처럼 쏟아져 내렸다.

온 지구를 강타한 코로나바이러스 전염병은 세계 사람들을 하나로 모으고 놀랍고 혁신적인 방법으로 우리의 어두운 나날을 빛내주고 있다. 옷 장사를 했던 사람들은 마스크를 만들고 식당업을 했던 어느 유명한 요리사는 자신의 자원과 재능으로 식량이 떨어진 사람들을 먹이고 있다. 목숨을 잃을 수도 있는 위험한 상황에서도 열심히 봉사하는 의료인들이 있다. 고통과 슬픔이 늘 내 가까이에 있건만, 그것을 제대로 보지도 느끼지도 못하고 사는 나 자신을 본다.

언어가 있어도 옆 사람과 제대로 이야기를 나눌 수도 없고 자기 혼자만의 언어로 살아가며 생각도 행동도 꽁꽁 얼어붙어 마비된 채로 지내는 지난 한 해 동안 나에게 위로가 되어 준 것이 있다면 온 인류가 함께 같은 병을 앓고 있다는 사실이다. 그리고 서로 가엾게 여기는 마음이다. 사랑과 연민이 없으면 인류는 절대 제대로 살 수 없다는 사회과학자들의 말에 공감하는 바가 크다. 우리가 불행한 것은 병으로 인한 고통이 아니라 서로를 가엾이 여기는 따뜻한 가슴을 잃어가기 때문이리라.

고도를 기다리며

아무 일도 일어나지 않았다. 사뮈엘 베케트의 연극 ≪고도를 기다리며≫의 첫 구절이다.

막이 오르면 텅 빈 무대에 말라비틀어진 나무 한 그루가 서 있다. 아무도 다니지 않는 외로운 시골길에서 블라디미르와 에스트라공이라는 두 떠돌이는 '고도'라는 이름의 사람을 기다린다. 에스트라공은 벌판 한가운데 앉아 장화를 벗으려고 애를 쓰고 있고 블라디미르가 입장한다. 떠돌이 두 남자는 이해할 수 없는 행동이나 사소한 대화로 하루하루의 시간을 채우며 자리를 떠나지 않고 누군지 모르는 그를 기다린다. 1막은 그렇게 허무하게 끝난다. 그래도 2막에서는 무슨 일이 일어나겠지 하던 나의 기대는 무참히 무너지고 연극은 시작과 같은 방식으로 그 막을 내린다.

'이 연극은 너무나 비관적이지 않은가? 누가 이 연극을 보러 가겠는가?'라며 나 혼자 중얼거리며 극장을 나왔다. 나의 20대로 임영웅 연출로 1969년 한국에서는 초연이었다.

이 연극을 다시 보게 된 것은 2013년도 12월 말, 브로드웨이의 Cort Theatre에서였다.

크리스마스트리가 화려한 브로드웨이의 한 가운데여서였을까. 무작정 기다리는 블라디미르와 에스트라공에게 측은한 느낌이 들었다. 연극을 보는 내내 나 자신을 보는 것 같았다. 사실 돌이켜 보면 오랜 세월, 낯선 땅, 남의 나라에 와서 떠돌이 생활을 하면서 나는 계절이 바뀌기를 기다리고, 훤히 뚫린 길을 따라 누군가를 만나기를 기다리고, 아이들이 꽃처럼 피어나기를 기다리고 그리고 우리의 때가 오기를 기다렸다. 그전에 어디론가 떠나버린다면 모든 일이 허사로 되돌아갈 것만 같았다. 늦은 밤, 롱아일랜드로 가는 기차를 타고 집으로 돌아가면서 늙은 방랑자들의 모습이 계속 눈앞에 어른거렸다.

세 번째로 이 연극을 다시 본 것은 4년 전 여름, 더블린에서였다. 술집을 돌아다니면서 연기하는 단막극이었다. 제임스 조이스, 새뮤얼 베켓, 오스카 와일드 등 문학의 거장들이 자주 드나들었다는 'Duke'라는 술집에 들어서니 고풍스러운 그 분위기가 마치 중세기로 되돌아간 듯했다. 빨간 벽돌로 둘러싸인 이 층의 작은 방에는 독일, 영국, 오스트리아, 불란서, 슬로바키아 등 주위의 여러 나라에서 온 사람들이 공연이 시작되기를 기다리고 있었다.

술병을 높이 치켜들고 'I will have a pint!'라는 아이리시 가요를 부른 후 두 명의 배우가 나와서 2막의 한 부분을 연기한다. 그 후 우리 모두는 다른 술집으로 이동하기 위해 밖으로 나갔다. 블라디미르 역을 맡았던 배우에게 다가가 "너는 '고도'가 누구라고 생각하니? 혹시 하느님 아닌가?" 하고 물었다. "나도 모르겠다. 내가 아는 것은 지금 신호등이 파란불로 바뀌기를 기다린다는 것이다."라고 했다. 우문현답이었다.

베켓은 공포, 희망, 광기와 상실의 차가운 악취에 대해 어느 정도 알고 있다. 1906년 아일랜드 폭스락의 중산층 가정에서 태어난 그는 상냥한 측량사와 그의 비판적이고 지배적인 아내 사이에서 둘째 아들로 태어났다. Samuel은 그의 어머니가 가장 좋아하는 아이였지만 ≪고도를 기다리면서≫에서 럭키가 포조에게 묶여 있는 것처럼 그는 어머니의 요구에 부응할 수 없었다. 스물두 살에 그는 탈출의 꿈을 이루었고, 파리에 상륙하여 제임스 조이스와 만나 그들 도와 함께 일을 하게 되었다. 파리의 어느 포주에게 찔려 간신히 살아남았으며 전쟁에 참여하여 레지스탕스를 위해 일하던 중 게슈타포에게 거의 체포될 뻔했던 그는 그의 육체적 정신적 모든 고통을 ≪고도를 기다리며≫에 쏟아부었다고 한다.

≪고도를 기다리며≫는 무(無)에 대한 연극으로 유명하다. 블라디미르와 에스트라공은 자신들이 왜 지구에 오게 되었는지 모르는 한 쌍의 인간이다. 그들은 자신들의 존재에 어떤 의미가 있을 것이라는 빈약한 가정을 하고 나름 대로의 깨달음을 얻기 위해 고도(Godot)를 열심히 찾고 있다. 의미와 방향에 대한 희망을 품고 있으므로 자신의 허무한 존재를 뛰어넘을 수 있는 일종의 고귀함을 얻게 된다는 연극비평가들의 이야기는 시사하는 바가 크다.

기다림은 목적을 필요로 하지 않는다. 기다림 그 자체로 충분히 희망적이다.

타인만이 우리를 구원한다

칠월의 뜨거운 햇살이 금색 구슬처럼 반짝이는 보드 워크를 걷고 있었다. 한여름의 후덥지근한 짭짤한 공기가 코끝을 스치고 지나갔다.

"아름다운 날입니다. 그렇죠?"

갑자기 들려오는 들뜬 목소리, 어깨와 팔뚝의 근육이 튀어나올 것만 같은, 건강미가 뚝뚝 흐르는 오십 대쯤 되어 보이는 중년 여성이 달리기를 하다가 멈추어 서서 얼굴에 흐르는 땀을 닦으며 웃고 서 있었다. 정말 얼마 만에 만나는 낯선 사람과의 대화인가?

코로나19 동안 마스크를 착용하는 것이 중요했지만 다른 사람들과 단절되었다는 느낌을 받곤 했다. 길거리에서나 쇼핑몰에서 낯선 사람과 자연스럽게 이야기를 잘 나누는 내 남편은 마스크에 자신의 영세명인 'Paul'이라고 매직마크로 크게 써서 쓰고 다녔다. 남편의 사인을 보게 되는 사람들이 웃으며 지나쳤다. 코스트코(Costco)에서는 "Hi Paul" 하며 손을 흔드는 한두 명은 꼭 만나게 되었다. 출구에서 영수증을 조사하는 사람과는 언제부터인가 친한 친구처럼 되어버렸다. 낯선 사람과의 가벼운 대화로 기분이 좋아지고 하루가 쉽게 지나가곤 했다.

　낯선 사람과 대화하는 워크샵을 연구하는 영국 에섹스대학교
(University of Essex)의 심리학 선임강사인 질리언 샌드스트롬은
≪최소한의 사회적 상호 작용≫이라는 책에서 "사무실 주차장에서
표를 끊는 사람, 당신과 같은 시간에 커피를 마시던 다른 부서의
동료, 월간 PTA 회의에서 부모님, 매일 아침 지하철을 함께 타던
통근자 - 그들을 기억하십시오. 그들은 우리 일상의 배경이었고 위
안이 되었습니다. 지난 1년 동안 우리는 친한 친구 및 가족과 육체적
으로 떨어져 살아왔다. 그러나 그 누구도 그것에 대해 이야기하는
사람은 없었다. 당신이 실제로 낯선 사람과 마지막으로 이야기한
것이 언제입니까? 낯선 사람과의 사소해 보이는 상호 작용이 우리
의 웰빙에 큰 영향을 미치고 있으며 낯선 사람과 교류한 사람들은
더 행복했고, 출퇴근길을 더 즐겼고, 더 많은 에너지를 얻었다. 우리
는 우리 삶의 다른 모든 사람에 소속될 필요가 있다."라고 했다.

　팬데믹이 끝없이 이어지면서 뉴요커들이 가장 그리워하는 것은
군중 속에 서 있는 자신의 모습이라 한다. 이어폰을 꽂고 아무 써브
웨이나 타고 인파의 물결 속에 파묻혀 메트로폴리탄 미술관으로,
야구장으로, 백화점으로 지치게 돌아다니는 것, 축구공을 치는 브루
클린 운동 경기장에서 나오는 고함소리, 무의미한 외침, 그런 것들
이라고 한다.

　낯선 사람들로 행복했던 순간들을 떠올려본다. 링컨센터에서 무
대 위의 조명이 꺼지기 전, 급히 자리를 찾아 들어오는 사람들의
웅성거림, 지휘자를 기다리며 프로그램을 뒤적이는 수많은 청중의

숨소리, 콘서트가 끝난 후 손바닥이 아프도록 열광적으로 박수를 치며 전혀 모르는 낯선 사람들과 완전히 하나 되어 교감을 나누었던 마법 같던 그 모든 순간이 꿈만 같다.

"타인의 아름다움에서만 위안이 있다. 타인의 음악에서만, 타인의 시에서만… 타인들에게만 구원이 있다."는 아담 자가예프스키의 〈타인의 아름다움에서만〉이라는 시의 일부분이다.

코로나19로 우리가 잃은 것은 너무나 많다. 그중에서 가장 소중한 것은 낯선 사람들이다. 평소에는 관심도 없었던 타인으로 해서 우리는 비로소 행복해질 수 있다. 타인만이 우리를 구원한다.

우리는 서로의 일부이다

　지난해 12월, 브루클린에 사는 아들네를 오랜만에 방문했다. 거의 일 년 반만의 만남이었다. 이것이 팬데믹을 살아가고 있는 우리 모두의 현실일 것이다. 브라운스톤 빌딩이 죽 늘어서 있는 고색창연한 거리에는 알록달록한 크리스마스 불빛이 어두운 시대를 살고 있는 우리를 격려해주고 있었다. 보지 못하는 사이 어엿한 숙녀로 성장해 있는 손녀를 보는 심정은 기쁜 만큼 낯설고 아프기도 했다. 시간은 그렇게 강물 흐르듯 수월하게 지나갔다.

　저녁 식사를 하는 자리에서 신문기자인 아들은 최근 몇 년 동안 사립학교에서 공립고등학교, Ivy League 대학에 이르기까지 미국 전역의 학교는 교수진을 다양화하고 커리큘럼을 확장하며 반인종차별 지침을 채택함으로써 인종과 특권에 관한 빠르게 변화하는 규범에 적응하기 위해 고군분투하고 있다고 이야기했다. 특히 늘어나는 아시안 인종차별에 대한 분노를 터뜨리면서 부모인 우리를 염려하는 눈치였다.

　고등학교 학생인 손녀의 학교에서 일어난 에피소드다.

　손녀 친구들이 "너는 어디에서 왔니?"라고 묻곤 한단다.

"My grandparents came to this country half century ago. I must be 3rd generation."라고 손녀가 대답했다고 한다.

유럽에서 갓 이민 온 학생들에게는 묻지 않는 질문을 손녀한테는 한단다. 손녀는 자신이 쓴 Anti-Asian에 대한 각본을 뉴욕 시내의 Young Artists Society의 연극무대에 올렸다. 대학입학 원서에 이 연극각본을 제출할 것이라고 한다. 그렇게 말하는 손녀의 눈은 강렬하게 타오르고 있었다.

부모가 이곳에서 태어난 손녀가 피부색이 하얗지 않다는 이유로 이방인 취급을 받는다는 것은 정말 가슴 아픈 일이 아닐 수 없다. 예리한 칼날에 찔린 듯 가슴이 아려왔다. 일부 미국인들은 다문화(多文化), 다언어(多言語) 주의가 자신들의 민족성을 희석시킨다고 불평한다. 반대로 이민자들은 미국의 정신을 훼손하기는커녕 새로운 아이디어, 요리 및 예술을 도입하여 우리의 문화를 향상시킨다는 뉴욕타임즈의 기사를 읽었다. 영어를 모국어로 사용하지만, 이방인으로 존재할 수밖에 없었던 이창래 씨의 소설 ≪영원한 이방인≫의 재미교포 2세의 갈등이 떠오른다.

백인 중심의 가치관이 판치던 1940년대, 검은 피부로 인해 자신이 추하고 사랑과 존경을 받을 가치가 없다고 생각한 토니 모리슨의 소설 ≪가장 푸른 눈≫에 나오는 주인공인 11세 흑인 소녀 피콜라 브리드러브는 자신의 불행이 그 어떤 외부적 요인도 아닌 자기 자신의 외모에 기인하는 것이라 생각하고 당시의 문화 아이콘인 셜리 템플과 같은 파란 눈을 갖기를 소망한다. 파란 눈이 자신과 가족에게 행복을 가져다줄 것이라 믿는 그녀는 자신의 눈이 파랗게 변하여 미국의 모든 금발의 파란 눈을 가진 아이들처럼 사랑받고 아름다워지기를 간절히 기도한다.

밝은 피부를 선호하는 색채주의는 이 나라의 구조에 너무 깊숙이 뿌리박혀 있어 우리 모두는 알게 모르게 서서히 감염되고 있는 것은 아닌지… 무엇보다 놀라운 것은 이러한 편견이 가정에서부터 시작된다는 것이다.

"이 세상은 더 이상 하얗지 않고, 다시는 하얗지 않을 것이다."라고 이야기한 미국의 가장 위대한 사상가이자 작가 중 한 명인 제임스 볼드윈(James Baldwin)은 인종적 진보에 대한 미국의 생각은 '내가 얼마나 빨리 백인이 되는지'로 측정된다고 비난했다. 우리는 너무나 중요한 현실을 잊고 살아가고 있다. 그는 백인이든 흑인이든 다른 사람들에 의해 나 자신이 정의되는 것을 허용하지 않을 것이라 했다. 아직 그가 살아있다면 오늘날 수백만 명의 사람들이 거리로 나와 조지 플로이드의 억울한 죽음으로 항의하는 시위에 대해 어떻게 생각했을까?

그는 "우리 각자는 영원히 무기력하고, 여성 속에 남성, 남성 속에 여성, 검은색 속에 흰색, 흰색 속에 검은색을 포함하고 있다. 우리는 서로의 일부이다."라는 멋진 말을 남겼다. 그런 세상은 얼마나 오랜 세월이 지나야 가능한 것일까?

세상과 나 사이

"나는 유능하고 똑똑하고 호감이 가는 소년이었으나 지독하게 항상 두려웠다. 내 어린 시절에 볼티모어에서 흑인으로 산다는 건 세계의 비바람 앞에서, 그 모든 총과 주먹, 부엌칼, 강도, 강간, 질병 앞에서 알몸으로 버텨내야 한다는 뜻이었다."로 시작하는 아프리카계 미국인, 타네하시코츠가 그의 십대 아들에게 보내는 편지 형식으로 쓰인 책 ≪세상과 나 사이: Between the World and Me≫는 첫 문장부터 나의 마음을 사로잡았다.

검은 몸을 하고서 어떻게 자유롭게 살 것인가? 미국 사회에 인종 문제를 향한 도발적인 주장을 던지며 커다란 논쟁을 불러왔던 이 책은 미국이 자랑해 온 민주주의의 신화를 깨뜨리는 동시에 '인종'이라는 허상 속에서 권력을 추구해 온 모든 문명을 고발하고 있다.

법은 우리를 보호해 주지 않았다. 지금 네가 사는 시대의 법이란, 길 가는 너를 멈춰 세우고 몸수색을 하기 위한 구실, 다시 말해 네 몸에 폭행을 가하기 위한 구실이 되어 왔다. 이것이 너의 나라이다. 이것이 네가 사는 세상이다. 너는 이 모든 것 안에서 살아나갈 방법을 찾아야만 한다. 그는 아들에게 꿈을 좇지 말고 깨어 있으라고, 흑인으로서의 자신의 삶을 살아내라 한다.

너는 흑인 소년이고, 그러니 다른 소년들이 알 수 없는 방식으로 네 몸에 책임을 져야 한다고 거듭 당부한다. 냉혹하도록 솔직한 그의 고백 속에는 아들이 희생당하지 않기를, 자신의 존재를 비관하거나 불안과 공포로 도피하지 않기를, 눈을 부릅뜨고 현실을 직시하며 두려움과 떨어져서 열정적인 삶을 살 수 있기를 원하는 간절한 아버지의 마음이 고스란히 담겨있다.

코로나 이후, 아시안 혐오가 점차 늘어가고 있는 요즈음, 저널리스트인 나의 아들은 〈왜 우리는 끝까지 싸우지 않는 것일까?〉라는 제목으로 뉴욕타임즈에 글을 기고했었다. 개인적인 경험을 이야기한 부분을 여기에 간추려본다.

"정체성의 위기로 흔들렸던 십 대 초반의 밤을 나는 기억한다. 내가 태어나기 전에 한국에서 미국에 이민해 오신 부모님은 미국의 모든 것을 열정적으로 받아들이셨다. 그날 저녁 우리는 롱아일랜드 교외의 식당, 피자헛으로 갔다. 자리에 앉기를 기다리는 동안 우리가 무시당하고 있다는 것을 분명히 느낄 수 있었다. 우리 뒤로 들어온 사람들이 즉시 테이블로 가는 것을 보았기 때문이다. 주문도 다른 사람들보다 훨씬 더 오래 걸렸다. 가장자리가 까맣게 그을린 피자가 느지막이 우리 테이블에 도착했다. 아버지는 폭발하셨다. 매니저를 불렀고 식당이 떠나가도록 뇌성 같은 큰 소리를 지르셨다. 나는 너무나 황당했다. 갑자기 이방인이 된 기분이었다.

저녁도 먹지 못하고 우리는 식당을 나왔다. 배에서는 꼬르륵 소리가 났다. 집으로 돌아오는 차 속에서 부당한 대우를 받게 되면 침묵하지 말고 분명하게 자신의 소신을 밝혀야 한다고 아버지는 나와 내 여동생에게 가르치셨다. 오랜 세월이 지나 내가 성인이 된 후에야 그날 아버지의 그 폭발은 아무나 할 수 없는 얼마나 용감한 행위인지를 깨닫게 되었다. 아버지는 그 날 당신의 온몸으로 싸우셨다. 그 날 이후 나는 나의 차이점을 수용할 수 있게 되었고 나의 정체성을 갖게 되었다.”

엄마인 나는 기억하지도 못하는 일을 아들은 그날 일을 오랫동안 가슴에 담아 두고 있었다니….
“역사는 우리 손에 달려 있지 않다. 그런데도 여전히 내가 너에게 투쟁하라고 요구하는 이유는 투쟁이 너에게 승리를 안겨 주기 때문이 아니라, 명예롭고 건강한 삶을 보장하기 때문이다.”라고 작가는 끝을 맺는다. 가장 감동한 부분이다. 시종일관 불안하고 희망이라고는 그 그림자도 찾아볼 수 없는 우울한 이야기임에도 불구하고 나는 이 책은 여전히 낙관적이라고 느낀다. 진실은 그런 것이니까.
세상과 나 사이에는 무엇이 놓여있을까.

진주 귀걸이를 한 소녀

프릭컬렉션에서는 지난해 10월부터 베르메르의 〈진주 귀걸이를 한 소녀〉를 비롯한 렘브란트와 할스의 특별전시회가 있었다. 네덜란드 마우리츠하위스 왕립미술관 소장품인 이 그림들은 미술관 수리 관계로 전 세계를 투어하던 중 뉴욕에 들른 것이라 한다.

크리스마스를 얼마 남겨두지 않은 12월의 어느 날, 프릭컬렉션을 방문했다. 그런데 전시회를 관람하려는 사람들이 두 블럭이나 넘게 늘어선 길 행렬에 적이 놀랐다. 눈이라도 내릴듯한 을씨년스러운 추운 날씨에도 불구하고 베르메르를 찾는 사람들의 발길은 그치지 않고 있었다.

아담하고 우아한 미술관, 프릭컬렉션은 피츠버그의 철강업자 헨리 클레이 프릭이 자신이 살고 있던 집을 개조해서 세워진 사립 미술관이다. 그래도 메트로폴리탄이나 현대미술관처럼 웅장하지는 않지만 렘브란트, 엘 그레코, 고야 등 유럽 옛 거장들의 작품들을 많이 소유하고 있어 미술애호가들이 자주 찾는 꽤 인기 있는 미술관이라고 한다.

장소가 크지 않아 관광객을 한 번에 다 들여보내지 않고 20분

단위로 입장시키므로 두 시간 이상 기다리는 건 흔히 있는 일이라 한다.

고풍스럽고 격조 있는 거리, 5번가에 어울리지 않는 시골의 옛 장터 같은 소박한 풍경이 왠지 마음에 들었다. 이름난 곳, 눈에 띄게 크고 화려한 박물관만 찾아다녔던 나는, 마치 숨은 보석이라도 찾아낸 듯 들떠 있었다. 한 시간 이상을 기다리는 동안 베르메르의 그림을 특히 좋아해서 뉴욕을 여행차 왔다가 일부러 들렀다는 덴마크에서 온 중년 여인과의 만남은 문외한인 나를 지루하지 않게 해주었다.

내가 특히 보고 싶었던 그림은 베르메르의 〈진주 귀걸이를 한 소녀〉였다. 그림에 대한 깊은 조예가 없는 나는 네덜란드 화가는 반 고흐나 렘브란트가 전부이다. 베르메르라는 생소한 이름이 특히 각별하게 다가온 것은 트레이시 슈발리에의 소설 ≪진주 귀걸이를 한 소녀≫를 읽은 후부터였다.

웨스트 갤러리에는 〈진주 귀걸이를 한 소녀〉를 비롯해 프릭이 소장한 베르메르의 다른 그림 3점 〈여주인과 하녀〉〈음악에 방해받은 소녀〉〈장교와 웃는 소녀〉가 나란히 전시되어 있었다. 〈북 유럽의 모나리자〉라고도 불리는 〈진주 귀걸이를 한 소녀〉의 그림 앞에는 많은 사람이 모여 흠모하듯 그녀를 올려다보고 있었다.

19세기에 이르기까지 거의 잊혀진 화가 베르메르, 대표작 〈진주 귀걸이를 한 소녀〉는 그의 그림 중에서 가장 매혹적인 그림이면서 동시에 여러 가지 해석이 가능한 작품이라 한다. 대부분 초상화는 모델의 의상이나 소지품들을 통해 모델의 신분을 유추해낸다.

〈진주 귀걸이를 한 소녀〉는 청순하고 맑은 커다란 두 눈동자에 어려있는 안타까운 시선, 기쁨, 슬픔, 아쉬움, 연민, 괴로움, 기다림 등…. 무슨 말이라도 건네올 듯한 약간 열린 입술, 웃을 듯 말 듯 한 신비스러운 미소, 귀밑에서 반짝이고 있는 진주 귀걸이, 머리에 두른 선명한 노란색과 파란색의 터번, 이 모든 것이 빛나는 조화를 이루고 있다.

　17세기 네덜란드 화가 요하네스 베르메르는 청백색의 도자기로 유명한 '델프트'라는 작은 마을에서 태어났다. 그의 생애에 대해서는 알려진 것이 거의 없는데 19세기에 들어와서야 재발견된 그의 작품들이 렘브란트에 버금갈 정도로 오늘날 많은 사람의 사랑을 받고 있다. 베르메르의 작품은 35점에 불과하다. 천천히 정교하게 그렸기 때문이다. 그는 당시 상류층들을 위한 추상적인 주제나 종교적인 소재를 다루지 않고 여성들이 가사 일을 하거나 편지를 읽는 등 평민들의 일상적인 삶을 채취한 단순한 풍경을 주로 묘사하였다.

　영혼과 빛의 화가로 불렸던 베르메르의 그림에서 두드러지는 것은 측면에서 비추는 햇빛이 다양한 실내의 사물의 표면에 작용하는 부드러운 움직임이라 한다. 창문을 통해 실내로 햇빛이 스며드는 따뜻한 분위기, 명암을 통해 소소한 사물들 속에 숨겨져 있는 아름다움, 그의 그림 앞에 서 있으면 나도 그림 속의 일부가 되고 싶다는 생각이 들게 한다.

　트레이시 슈발리에의 소설 ≪진주 귀걸이를 한 소녀≫에는 10대 여주인공이 가족에 대한 책임과 예술을 향한 끝없는 동경과 화가에 대한 이루지 못한 사랑 등이 베르메르의 그림처럼 선명하면서도 절

제 있게 나타나고 있다. 영롱한 소녀의 그 큰 눈동자는 400년이
지난 지금에도 우리를 바라보고 있다. 다하지 못한 그녀의 이야기가
들려오는 듯하다.

내가 죽어 누워있을 때

죽은 아내의 장례를 치르러 고인의 고향으로 떠나는 남편과 자식들의 이야기, 윌리엄 포크너의 ≪내가 죽어 누워있을 때≫는 미국의 남부, 미시시피, 요크나파토파라는 농촌 마을에 사는 번드런 가족의 이야기이다.

번드런 가족의 아내이고 어머니인 애디가 사망한다. 제퍼슨에 묻히기를 바란다는 그녀의 유언에 따라 그녀의 남편과 다섯 명의 자식들은 시신을 싣고 출상한다. 노새가 끄는 마차에 시신을 싣고 떠나는 가족의 풍경에서 '어이 어이' 큰소리로 곡을 하는 우리나라 시골의 전통적인 장례 행렬을 떠올리게 했다. 모두가 아파해야 하는 날, 온 동네 사람들은 함께 울고 웃고 먹고 마시며 잔치를 했다. 어린 나의 눈에 비친 그 광경은 죽음이 두렵고 끔찍한 것이 아니라 슬프고 아름다운 영혼을 위로하는 의식으로 기억되어 있다.

반나절이면 갈 수 있는 거리를 열흘을 걸리는 길로 돌아가는 번드런 가족의 기묘한 여정은 결코 평탄하지 않다. 예상치 못한 홍수와 화재로 다리를 다치게 된 맏아들 캐시, 부러진 다리를 치료하지 않으면 평생 불구로 살게 될지도 모르는 위험에 처하게 된다. 남들이 보지 못하는 부분까지 인지하는 예민한 감수성과 통찰력을 가진 둘째는 정신병원으로 가게 된다. 말 이외에는 아무것에도 관심이 없는 것 같지만 모든 일을 처리하는 셋째아들, 누구의 아이인지도 모를 아기를 임신하고 그것을 해결하려 읍내에 가지만 도리어 놀림만 당하는 외로운 딸, 어머니를 물고기에 비유하는 아직 어머니의 죽음을 이해하지 못하는 막내, 그리고 "우리가 살아있는 이유는 오랫동안 죽어 있을 준비를 하기 위해서이다."라고 말했던 죽은 아버지를 떠올리며 나 자신의 죄를 다 속죄하고 이제는 죽을 때가 되었다고 생각하는 관 속의 주인공인 나 애디, 아내가 죽은 후 새로운 의치를 해 넣는 이기적인 남편, 가장 사랑하는 어머니와 아내를 잃은 식구들의 모습은 다양하다. 이외에도 종교적 믿음만이 인간을 구원할 수 있다는 코라, 외면적으로는 하느님과 가장 가까운 자리에 있으면서도 기회주의자이고 죽음 앞에 나약한 목사 휘트필드는 죽음을 대하는 우리 자신의 모습을 들여다보게 한다.

미국의 남부 태생인 작가 윌리엄 포크너는 남북전쟁이 끝난 후, 과거의 넉넉한 농경 사회를 동경하는 사람들의 고뇌와 상실, 인종 갈등과 함께 종교 억압에 대한 죄의식이 그의 문학의 주된 토대라고 한다. 이러한 남부 정서의 재현은 지역적인 특성을 넘어 보편성을 획득하고 있다고 한다. 15명의 화자가 서로 돌아가며 독백을 하는 이 소설은 죽은 자 애디를 중심으로 진행된다. 첫 단어를 쓰기도 전에 이미 마지막 단어를 머릿속에서 끝맺었다고 할 정도로 작가의 철저한 기획과 실험 끝에 완성한 소설이라고 한다.

죽음을 대면한 인간을 차가운 눈으로 응시하는 작품 전체에 흐르는 어두운 현실묘사에도 불구하고 계속 읽어나갈 수 있었던 것은 허물어진 잔해 속에서 고요한 평화가 찾아오는 듯한 지적이고 서정적인 포크너의 아름다운 언어 때문이었다. 어머니를 물고기에 비유한 막내아들, 어머니를 그리며 이야기하는 독백을 옮겨 적는다.

"뜨거운 한낮을 지나 시원해진 저녁에 너풀거리는 나무는 꼭 닭처럼 생겼다… 헛간 지붕이 황혼에서 홀연히 나타난다. 서커스의 분홍색 여자처럼 펄쩍 뛰면, 헛간을 통해 따뜻한 냄새가 나는 곳으로 갈 수 있다. 기다릴 필요도 없이 손으로 덤불을 붙들고, 발밑에서는 자갈과 먼지가 부스러진다. 그러면 따뜻한 냄새가 나는 곳에서 숨쉴 수 있게 된다."

애디는 죽었으나 살아있는 모든 사람의 가슴을 채우고 있는 영향력 있는 존재이다. 그토록 모든 것을 차지했던 어머니의 존재도 사멸과 함께 잊혀지고 만다는 허무함을 이 소설은 이야기하고 있다. 오래전에 돌아가신 어머니를 떠올렸다. 가슴을 아리게 했던 평생토록 잊지 못할 것 같은 그 아픔도 이제는 희석되어가고 있다. 그래서 우리는 계속 살아갈 수 있는 것일까?

'누구나 돌아오지 못하는 곳으로 떠난다. 조금 먼저 떠나는 이를 보내고, 내가 떠날 날이 다가올 뿐이다.'라고 윌리엄 포크너는 이야기한다. 삶의 부조리와 허무를 끄집어내면서도 인간성에 대한 신뢰를 저버리지 않는 작가, 그의 글은 삶과 죽음에 대한 무거운 성찰을 담고 있으면서도 마음을 꿰뚫고 지나가는 투명하고 아름다운 슬픔이 있다. 잿빛 하늘이 무거운 11월, 이미 떠난 영혼과 앞으로 다가올 나의 죽음을 묵상해 본다.

나이팅게일

"사랑에 빠지면 우리가 어떤 사람이 되고 싶은지 알게 되고, 전쟁에 휘말리면 우리가 어떤 사람인지 알게 된다. 그리고 원하지 않는 일을 해야 할 경우도 있을 것이다." 크리스틴 한나의 소설 ≪나이팅게일≫의 첫머리에 나오는 말이다. 세계 2차 대전 당시 독일의 점령으로 피폐해진 프랑스에서 이상, 열정, 상황으로 분리된 두 자매가 생존, 사랑, 자유를 향해 위험한 길을 걸어가는 담대하고 위험하기 짝이 없는 선택과 결정을 해야만 했던 가슴 아프도록 아름다운 전쟁 이야기이다.

1939년 프랑스 조용한 카리보 마을에서 전선으로 향하는 남편 앙투안과 작별한 비안느 모리악, 그녀는 나치가 프랑스를 침범하리라 믿지 않지만… 트럭과 탱크에 탄 병사들이 행군해 쳐들어오고, 하늘을 메운 나치 비행기는 무고한 시민들에게 폭탄을 떨어뜨린다. 독일군 대위가 비안느의 집을 숙소로 정하자, 비안느와 딸은 생존을 위해 적과 살아간다. 음식, 돈, 희망도 없이 삶의 위험이 더해지자 비안느는 전쟁의 공포와 비참함에 맞서 점차 강인한 엄마이자 여인으로 변모하여 유대인 아이들을 모아 수녀원에서 돌보는 일을 한다.

독립심이 강하고 자유롭고 반항적인 18세의 동생 이사벨, 그녀는 나치의 파리 점령이 시작될 때 가에탕과 만나 사랑에 빠지고 용감하게 레지스탕스에 가입한다. 사랑하는 어머니의 죽음과 아버지에게 방치되는 아픔을 겪은 자매는 각자 프랑스 지하 저항 운동에서 역할을 하면서 각자 사랑하고 용서하는 길을 모색한다.

지금 우리 눈앞에서 벌어지고 있는 우크라이나 전쟁을 생각해 본다. 갑자기 아무런 이유도 없이 고통을 받아야 하는 그들이 안타깝고 어이없을 뿐이다. 이 전쟁은 제2차 세계대전 이후 유럽에서 가장 변혁적인 사건이자 가장 위험한 대결이 될 가능성이 있다고 한다.

딸을 뮌헨의 안전한 장소로 피신시킨 후, 우크라이나로 돌아와 저항에 가담할 계획이라고 말하는 우크라이나의 어느 여배우는 러시아 침공이 없었다면 지금쯤 호머의 오디세이 연극무대에 서 있을 것이라 했다. 볼쇼이 발레단의 슈퍼 발레리나, 올가 스미르노바는 러시아의 우크라이나 침공을 공개적으로 비난했다. 그리고 오랫동안 머물렀던 모스크바 발레단을 떠났다. 하루아침에 집과 가족을 잃고 얼어붙은 추운 길가에 서 있는 수많은 피난민, 빈털터리로 집을 나왔다며 아이를 품에 안고 우는 남자…, 전쟁만큼 우리를 적나라하게 보여주는 것이 또 어디 있을까?

크리스틴 한나는 제2차 세계대전의 자료를 찾아보던 중, 나치 점령 하의 프랑스에서 상상도 할 수 없는 어려운 고통을 겪어야 했던 여인들이 있었다는 사실을 알게 되었고 그 여인들의 영웅적인 이야기를 쓰기로 결심했다고 한다. 아내이면서 엄마인 작가는 '내가 그 당시에 살았었다면 그 위험을 감수했을까.'라는 생각이 소설을 쓰는 내내 뇌리에서 떠나지 않았다고 한다.

　수백만의 인간이 언제부터 서로 죽이기를 시작한 것인가? 누가 시킨 것인가? 톨스토이는 소설 ≪전쟁과 평화≫에서 "그 원인에 대한 정확한 답은 없다. 다만 그것이 불가피했기 때문이라고. 짐승의 수컷이 서로 멸망시키고 멸망하면서 실행하는 그 맹목적이고 동물적인 법칙을 실행했기 때문이라고 추측한다."라고 말했다. 얼마나 무섭고 잔혹한 일인가! 전쟁으로 인해 우리가 감당해야 할 삶의 밑바닥은 어디까지일까?

　작가는 위험에 처하면 우리 자신이 어떤 인간인지를 알게 된다고 한다. 떨쳐 일어나는가? 포기하는가? 영웅인가? 겁쟁이인가? 가장 사랑하는 이들에게 신의를 지키는가? 그들을 배신하는가?

　이 소설을 읽어가면서 끈질기게 따라다녔던 질문은 알지도 못하는 사람들을 위해 어떻게 내 아이의 생명까지 내놓을 수 있는 것일까? 하는 것이었다. 삶, 사랑, 전쟁의 황폐함 속에서도 끈끈한 사랑으로 살아간 여인들, 그들은 용감하고 눈부시게 아름다웠다.

∽

기다림은
목적을 필요로 하지 않는다.
기다림 그 자체로
충분히 희망적이다.

∽

무성한 떨림

움직이는 축제

눈이 곧 내릴듯한 12월 어느 날 맨해튼으로 나갔다.

크리스마스를 며칠 앞둔 1971년 12월, 뉴욕에 첫발을 내 디뎠던 그 날도 도시는 크리스마스 장식으로 울긋불긋한데 눈이 부슬부슬 내리고 있었다. 나는 뉴욕에 도착한 지 2주 만에 월가에 자리한 한 은행에 취직이 되었다. 세계 금융계의 중심지에서 일을 할 수 있게 되었다는 자신감은 무한한 가능성을 안겨 주었다. 빽빽이 건물들이 들어서 있는 빌딩의 숲, 세계 여러 나라에서 모여든 가지각색의 사람들, 화려한 백화점, 꽉 메운 도로, 길거리에서 포옹하고 있는 젊은 이들, 써브웨이 지하에서 벌어지는 또 하나의 다른 세상, 매우 가난한 나라에서 온 내가 처음 만났던 도시 맨해튼은 별천지였다.

임신 삼 개월, 써브웨이를 타고 출근하는 중에 토할 것 같은 적이 많았다. 차 칸이 서로 연결되어있는 사이로 나가거나 다음 정거장에서 미리 내리기도 했다.

한여름 써브웨이가 캄캄한 굴속에서 십 분 이상을 정지했을 때 조용히 기다리던 사람들을 보면서 무척 놀랐던 일, 지금은 사라져 버린, 그러나 70년대 언제 어디에서나 쉽게 볼 수 있었던 Chock

Full O'nuts Coffee Shops은 출근 시간에 월 스트리트의 은행원(Banker)들이 꼭 들르는 곳이었다.

12개의 캐셔대 앞에 길게 늘어선 사람들 틈에 끼어 커피를 사면서 나의 하루가 시작되었다. 따스한 봄날, 월드트레이드 건물 앞에서 햇볕을 쬐며 뉴요커들과 나란히 앉아 입에 잘 맞지도 않는 샌드위치를 억지로 먹었던 일, 델리에서 샌드위치를 사려고 줄 서 있는데 내 차례가 다가오면 마치 입학시험을 치르는 학생처럼 두근두근했던 일 등은 모든 것이 생소하고 어려웠으나 기죽지 않고 지냈던 이민 초기의 경험이었다.

아직도 잊지 못할 가슴 뛰는 추억이 있다. 퇴근하는 저녁 시간, 밖에는 함박눈이 펄펄 내리고 있었다. 회전문 앞에서 나를 기다리고 있던 핸섬한 신사로부터 데이트 신청을 받았다. 그는 나와 같은 층에서 일하기 때문에 가끔 엘리베이터에서 마주치곤 했다. 상상하지도 못했던 돌발적인 상황에 순간 아무 말도 못 했다. 그리고 유리창 밖을 가리키며 남편이 밖에서 나를 기다리고 있다고 했다. 나보다 더 당황한 듯한 그는 귀밑까지 빨갛게 달아올랐다. "그런데 왜 결혼반지는 없죠?"라고 물었다. 그 일이 있은 후로는 꼭 결혼반지를 끼고 다녔다. 먹고 살기에도 바쁜 고된 이민 생활에 나의 숨통을 틔워주었던 유일한 분홍빛 사건이었다.

젊은 시절 파리에 살면서 그 도시를 무척 사랑했던 헤밍웨이는 "파리는 내게 영원한 도시로 기억되고 있다. 파리의 겨울이 혹독하면서도 아름다울 수 있었던 것은 가난마저도 추억이 될 만큼 낭만적인 도시 분위기 덕분이 아니었을까? 만약 당신에게 행운이 따라주어서 젊은 시절 한때를 파리에서 보낼 수 있다면, 파리는 마치 '움직이는 축제'처럼 남은 일생에 당신이 어디를 가던 늘 당신 곁에 머무를 것이라고. 바로 내게 그랬던 것처럼."이라고 했다.

색다른 언어와 이질적인 문화에 적응하느라 끊임없이 흔들리는 실존의 한가운데서도 희망과 확신으로 가득 찼던 20대의 시간들을 소중히 간직한다. 좋고 나쁜 것이 함께 존재하는 지극히 인간적인 도시, 수없이 많은 박물관, 오페라 하우스, 브로드웨이 쇼, 웅장한 고딕스타일의 성당이 함께 어우러져 있는 낭만과 예술의 도시, 밤 12시에도 원하는 것을 손쉽게 구할 수 있는 무한 가능성의 도시, 갑자기 데이트 신청을 받는 로맨틱한 도시, 곧 무엇이 터질 것만 같은 무서운 도시 맨해튼, 그 자체가 움직이는 축제장이다.

아무리 보아도 전혀 질리지 않는, 세계 어느 곳에서도 볼 수 없고 느낄 수 없는 그 특유의 기질과 분위기를 나는 사랑한다.

센트럴파크의 셰익스피어

　뉴욕 도시의 한가운데 공원에서 별빛 아래 앉아서 연극을 감상하는 것을 상상해 본 적이 있으십니까?

　8월의 어느 여름날, 이스트 미드타운의 아파트에서 남편과 나는 새벽같이 일어났다. 센트럴파크의 델라코트 극장에서 공연하는 셰익스피어의 ≪리어왕≫ 티켓을 얻기 위해서였다. 5번가를 지나 공원으로 가는 길에는 햇살에 반짝이는 가로수 사이로 보랏빛, 분홍빛 팬지꽃들이 화사하게 피어나고 있었다.

　9시 조금 넘어 공원에 도착했다. 이미 많은 사람이 줄지어 기다리고 있었다. 공원 문을 열기 시작하는 오전 6시부터 베개와 캠핑용 의자를 가지고 온 20여 명의 사람은 공원 입구의 81번가와 센트럴파크 웨스트에서 야영까지 했다고 한다. 수많은 뉴요커들이 계속해서 오고 있었다. 나무와 연못을 배경으로 완벽한 위치에 서서 기다리고 있는 사람들의 모습은 마치 모네의 풍경화를 감상하는 것 같았다.

　센트럴파크에서 해마다 여름이면 열리는 셰익스피어 공연 시리즈의 티켓은 무료이다. 무료티켓을 얻는 건 절대 쉽지 않다. 참을성

있게 기다리며 많은 시간을 할애해야 한다. 드디어 셋째 날에 우리는 티켓 두 장을 얻을 수 있었다. 긴 시간을 기다리는 동안 많은 사람을 만났다. 맨 앞줄에 서 있던 젊은 엄마와 딸은 침낭을 가져와 공원 바로 바깥에서 하룻밤을 잤다고 한다. 어느 중년 여인은 접이식 의자에 앉아 책을 읽고 있었다. 셰익스피어 연극을 보기 위해 해마다 여름에 이곳으로 온다고 하는 그녀는 티켓을 얻을 수 있을지 없을지 전혀 알 길이 없지만, 아무것도 통제할 수 없다는 사실이 자신을 자유스럽게 한다고 했다. 이제나저제나 조바심하며 기다리는 내가 초라하고 부끄러웠다.

공원 근처의 델리 점원이 기다리는 사람들에게 커피와 아침 식사 주문을 받아 배달하고 있었다. 부릉부릉 큰 소리가 나더니 헬멧을 쓴 젊은 여성이 오토바이를 타고 나타났다. 우리는 그녀가 델리의 배달원이라고 생각했는데 아버지처럼 보이는 늙은 남편의 아침을 만들어 온 것이었다. 오토바이 뒷자리의 짐을 꺼내면서 환하게 웃는 그녀가 눈부시게 아름다웠다. 뉴욕이 아니면 볼 수 없는 장면이었다.

≪리어왕≫의 줄거리는 대강 알고 있지만, 별빛 아래에서 보게 될 줄은 상상도 못 했다. 미친 왕으로 나오는 John Lithgow의 연기를 보기 위해서 온 사람들도 많았다. 1,800명이나 되는 관객들은 숨을 죽이고 밤하늘의 무대를 지켜보고 있었다. 이렇듯 센트럴파크의 셰익스피어 공연은 뉴요커들이 기다리는 여름 축제이다. 뉴욕에서 없어서는 안 될 보물 같은 것이다.

재산을 정리하기 위해, 세 딸들을 불러 모아 자신을 얼마나 사랑하느냐고 묻는 장면에서 가장 멋진 고백을 하리라 예상했던 막내딸 코딜리어는 리어왕의 기대를 저버리고 입을 다문다. 가장 감동적으로 효심 고백을 한 두 딸은 아버지를 배신한다. 상처를 받은 아버지의 심정이 고스란히 전해져왔다. 우리 모두는 부모로서 자식들에게 얼마나 어리석은 희망과 꿈을 갖고 있는지 깨닫는 순간이기도 했다.

"누더기를 입으면 작은 죄도 훤히 드러나지만, 화려한 옷과 모피코트는 모든 죄를 감추어 주는 법이다. 죄에 황금 갑옷을 입혀봐라. 그러면 제아무리 튼튼한 정의의 창도 아무 해도 입히지 못하고 부러져 버릴 테니. 하지만 죄에 누더기를 입혀봐라. 그러면 난쟁이의 지푸라기도 꿰뚫어 버릴 것이니."라던 리어왕으로 분장한 John Lithgow의 연기가 유쾌한 늙은 영혼처럼 보였다.

리어왕의 잘못된 선택은 자신의 몰락, 왕국의 혼란, 많은 사람의 희생을 야기한다. 연약하고 착한 코델리아는 결코 전쟁에서 이길 수 없다. 자신의 잘못된 결정에 후회한 리어왕은 몸과 마음을 모두 잃기 시작한다. 그는 왕이기에 앞서 힘없는 늙은이에 불과했다. 이제야 그는 깨닫는다. 왕이 된다는 것은 무엇을 의미하는지, 사랑, 진실, 정직에 관한 깊은 통찰을 한다. 리어왕의 가장 큰 전쟁은 자기와의 투쟁이었다.

사랑하는 딸 코델리아의 시신을 안고 회한의 눈물을 흘리는 장면은 이 연극의 클라이맥스였다. 모든 관객이 리어왕에게 완전히 몰입했다. 숨소리 하나 들리지 않았다. 별빛 아래의 밤무대를 뚫어져라 바라보던 수많은 사람과, 연극에 매료되었던 나의 젊은 시절이 떠올랐다. 실로 오랜만에 심장이 설레고 터질 것만 같았다.

1954년 Joseph Papp에 의해 고안된 센트럴파크의 여름 축제는 처음에는 셰익스피어 워크샵으로 시작했다. 나중에 거북이 연못 앞 잔디밭으로 옮겨가게 되었고, 그동안 150개 이상의 작품이 제작되어 500만 명이 넘는 사람들이 관람했다. Joseph Papp은 연극을 한 번도 본 적이 없고 지불할 능력이 없거나 지불할 의사가 없는 사람들에게 다가가고 싶었다고 한다. 그의 불가능한 꿈은 얼마나 흥미진진한 경험을 수많은 사람에게 가져다주었는가!

　　야외 공연은 언제 어디서 어떤 일이 발생할지 모르는 위험을 감수해야 한다. 벌레들이 우글거리고 가끔 헬리콥터가 머리 위를 날기도 한다. 지난해에는 너구리가 무대 위를 배회했다고 한다. "벌레들과 소음이 성가시겠지만 연극은 삶에서부터 단절되어서는 안 된다. 도시의 중심지에 있어야 한다. 죽어있는 조용한 회랑에서는 안 된다."라고 얘기한 어느 연극 전문가의 말이 가슴을 뚫고 지나갔다. 예술의 중심지인 뉴욕에 살고 있다는 실감이 왔다.

　　셰익스피어는 400년 전에 세상을 떠났지만, 그의 희곡은 여전히 공연되고 많은 사람에게 영향을 주고 있다. 셰익스피어를 조금 알거나 아니면 전혀 모르는 사람, 모두가 오늘 그 자리에 와 있다는 것에 감동했고 행복해 보였다. 내년 여름이 기다려진다.

9일간의 맨해튼

　망설이고 망설였던 남편이 수술을 받기로 결정한 5월의 어느 날, 나는 롱 아일랜드의 집을 떠나 맨해튼의 자그마한 여인숙에서 이른 아침을 맞았다. 그이와 함께 나란히 걸어가는 길에는 회색빛 가느다란 나뭇가지가 연초록으로 부풀어 오르고 있었다. 따스한 햇볕에 반사되어 유난히 반짝이는 가로수의 나뭇잎들은 부드러운 바람과 함께 푸르른 향기를 몰아오고 형형색색으로 수 놓은 듯한 길가의 작은 꽃봉오리는 딱딱하고 메마른 도시에 봄을 몰아오고 있었다.

　나도 꽃처럼 환하게 피어나고 싶다는 간절한 생각이 들었다. 출근 길을 재촉하는 사람들도 행복해 보였다. 얼마 만에 맞는 격정적인 봄인가? 허둥지둥 앞만 보고 달리느라 하늘 한번 쳐다볼 여유도 없었던 나는 남편의 수술로 다시 태어나고 있었다.

　수술받기 전날 저녁, 아이들이 찾아왔다. 마침 찾아온 석양의 노을빛은 고색창연한 벽돌색 건물을 보랏빛으로 물들이고 어슴푸레한 달빛은 길을 밝혀주고 있었다. 수많은 행인들 틈에 끼어서 아버지와 아이들은 거리에서 오랜 포옹을 했다. 슬프고 아름다운 순간이었다. 도시는 황혼으로 물들고 있었다.

6시간이나 걸린 대수술은 무사히 끝났다. 그동안 동동거리고 다니느라 제대로 눈길 한번 주지 못했는데 무사히 돌아와 준 그가 고맙고 대견스러웠다. 물리치료를 받기 위해 일주일간 병원 신세를 더 져야 했다. 다운타운, 머레이 힐에 위치한 자그마한 호텔에 묵기로 했다. 침대가 거의 방을 다 차지하고 있는 방에서 딸아이와 함께 3일간을 한 침대에서 지냈다. 뉴햄프셔의 프렙고등학교를 다니느라 일찌감치 집을 떠났던 딸아이와 꿈같은 시간을 보냈다. 브루클린에 살고 있어도 쉽게 만날 수 없었던 아들 내외와 3살 난 손녀도 자주 얼굴을 보여주었다. 아이들과 오랜만에 함께 있었던 햇솜처럼 따스한 날들이었다.

병원에서의 일이 끝나는 저녁 시간, 지하철로 발걸음을 재촉하는 사람들의 물결이 이어지고, 거리 악사들의 감미로운 색소폰 연주에 발을 멈추고 동전 한 닢을 던져주는 사람들도 눈에 띄었다. 길 건너 코너에 위치한 아늑한 카페에서는 커피의 진한 향이 흘러나오고 하루의 일과를 마친 사람들의 은신처가 되어 북적거렸다. 창가에 마주 앉아 있는 노부부의 모습이 그렇게 아름다울 수가 없었다. 맨해튼의 거리는 늘 나를 이렇게 매료시키곤 했다.

머무는 시간이 길어질수록 도시에 대한 그리움은 커져만 갔다. 37년 전, 뉴욕에 첫발을 내디뎠던 젊은 날들이 떠올랐다. 차량들의 소음과 소방차의 경적이 그치지 않는 다운타운, 금융가의 중심지, 말로만 듣던 마천루 속을 꿈같이 오가며 나의 짧은 영어 실력으로 실수도 많았던 그 시절, 색다른 언어와 이질적인 문화에 적응하느라 끊임없이 흔들리는 실존의 한 가운데서도 희망과 확신으로 가득 찼던 지난 날들이었다.

맨해튼에서 지냈던 9일간은 이민 초기의 풋풋한 세월을 다시 떠올려 주었다.

이른 오월의 아침, 퇴원한 남편과 함께 집으로 돌아오는 길가에는 진분홍빛 철쭉꽃이 눈부시게 피어나고 있었다.

크리스마스 선물

　싸늘한 겨울 햇살이 옷깃을 여미게 하는 12월, 많은 사람이 크리스마스를 보내기 위해 뉴욕으로 모여든다. 백화점 쇼윈도우는 오색찬란한 빛으로 빛나고, 5번가에 떠 있는 40피트 크기의 골든 엔젤들은 행인들의 눈길을 끈다. 수만 개의 작은 등과 색색의 방울들로 반짝거리는 엄청나게 키가 큰 크리스마스트리, 빽빽이 들어서 있는 마천루들 사이로 캐럴이 춤추듯 흐르고 여기저기에서 터지는 폭죽의 함성, 화려하고 환상적인 이 도시에서만 볼 수 있는 인상적인 풍경이다.

　성탄절 축제에서 빼놓을 수 없는 것은 선물이다. 백화점과 상점마다 선물을 사는 사람들, 한아름 선물 보따리를 안은 사람들로 북적인다. 부족한 것 없이 다 누리고 사는 오늘날, 꼭 필요한 것은 무엇일까? 상대방에게 알맞은 선물을 선택하는 건 여간 힘든 일이 아니다. 이맘때쯤이면 나는 선물 스트레스에 빠지게 된다. 옷, 장난감, 책 등, 조그만 아파트가 가득 찰 정도로 필요한 것은 거의 다 갖고 있는 다섯 살 된 손녀의 성탄 선물로는 무엇이 좋을지 오래 고심한다. 결국 'National Geographic Little Kids'의 정기구독을 신청하기로 했다. 동물과 자연, 베드타임 스토리, 색칠하기, 총 천연 색깔의 사진들, 퍼즐 맞추기 등의 다양한 내용으로 된 얇고 작지만 훌륭한 잡지이다.

손녀가 무척 좋아하는 것을 보니 애쓴 보람이 있었다. 나를 만날 때마다 책을 가져왔느냐고 묻곤 한다. 구독자가 내 주소로 되어 있어 책이 나에게로 배달되기 때문이다. 우편으로 책을 받을 때마다 예쁜 종이에 정성스럽게 포장해서 직접 전해준다. 앙증맞은 손으로 포장지를 뜯는 모습, 책을 펼쳐 들고 기뻐하는 손녀를 보는 즐거움은 노후의 축복이 아닐 수 없다.

선물이 꼭 물질적인 것일 필요는 없을 것이다. 펄벅의 단편 〈크리스마스날 아침〉의 가난한 어느 시골 농가의 이야기는 아버지의 사랑에 대한 아들의 선물이다. 매일 아침 새벽 4시에 일어나 헛간에서 소젖을 짜서 우유를 받아내고 여물도 먹이는 일로 하루를 시작하는 아버지를 돕던 아들은, 그날따라 곤하게 잠이 들어있었다. 아이를 깨우는 일이 안쓰럽기만 한 아버지는 "한창 자라는 나이인데 충분한 수면이 필요하니 더 이상 깨우지 않겠다."라고 혼자 중얼거린다. 잠결에 아버지의 독백을 듣게 된 아들은 돌아오는 크리스마스에는 특별한 선물을 하리라 마음먹는다.

크리스마스 날 아침, 새벽 동이 트기도 전에 일어난 아들은 헛간의 모든 일을 처음으로 혼자서 다 해낸다. 아버지는 내 생애에 이렇게 멋진 크리스마스 선물은 받아본 적은 없다며 내가 살아있는 한, 오늘의 이 일을 잊지 않을 것이라고 한다.

50년 전에 일어났던 아버지와의 그 기억을 떠올리며 아이들도 찾아오지 않는 쓸쓸한 크리스마스 날 아침, 그는 아내에게 줄 선물로 편지를 쓴다. 성탄을 맞을 때마다 떠올리고 싶은 가슴 따스해지는 이야기이다.

시대의 변천에 따라 선물의 질도 달라지고 선물하는 방법도 달라지고 있다. 고급스럽고 비싼 것이 더 좋은 선물이 되고 컴퓨터로 주문하거나 전화로 주문하여 보내기도 한다.

에머슨은 말한다. 선물은 보낸 이의 성품이 잘 나타나 있는 것이어야 한다. 시인은 그의 시를, 양치기는 그가 기르는 양을, 농부는 그의 농장에서 재배하는 곡식을, 화가는 그의 그림이 가치 있는 선물이 될 수 있다고 했다.

선물한다는 것의 원래 의미는 목마른 사람에게 갈증을 채워줄 무엇인가를 주는 것이다. 무엇이든 넘치게 갖고 사는 요즈음, 선물에 목마른 사람은 별로 없을 것이다. 그러나 사랑과 관심에 목말라하는 사람은 많다. 선물에 내 마음을 담아 보내면 그 갈증이 채워지지 않을까. 선물은 상대방에 대한 사랑의 표현이다. 그러나 뭐니 뭐니 해도 선물은 기대하지 않았을 때에 받는 것이 최상이다. 그때의 그 놀라움을 어디에 비유할 수 있을까. 세상사에 파묻혀 덤덤하게 하루하루 살아가는 나는, 어느 날 한 다발의 화사한 꽃다발을 선물로 받고 싶은 강한 욕망이 있다.

축제의 12월

    올해는 크리스마스가 일찍 찾아왔다. 전 세계가 팬데믹으로 한창 시끄러운 지난 3월, 가장 심한 타격을 받은 캐나다와 영국의 어느 지역에서는 많은 가족이 크리스마스 조명을 설치하기 시작했고 지역 라디오 방송국에서는 크리스마스 캐럴을 내보냈다. 이는 태양을 경탄의 눈으로 바라보았던 고대 그리스도교 신자들이 일 년 중 밤이 제일 긴 동짓날, 상록수 가지로 집을 밝게 하고 새로운 삶이 시작되는 것을 상기시키는 크리스마스 축제의 기원을 떠올리게 한다.

    '크리스마스에 내가 원하는 건 당신뿐입니다…'라는 Mariah Carey의 노래에 크리스마스에 내가 원하는 건 코로나바이러스 치료제입니다. 라는 댓글이 올라왔다. 어느 미디어 회사들은 산타 모자를 쓰고 "크리스마스가 다가오고 있음을 기억하십시오."라는 캡션과 함께 산타 쿠키, 포스터 영화 ≪엘프≫와 핫 초콜릿, 나무 아래 예쁘게 포장한 선물들을 보여주었다. 이 영상은 2백만 명이 넘는 사람들이 조회했다고 한다.

    교회를 다니지 않으면서도 산타클로스의 전설을 믿었던 어린 시절, 성탄 때가 되면 캄캄한 밤중에 촛불을 켜 들고 집 문 앞에서 노래하던 합창단원들의 모습이 떠오른다. 그때를 회고하면 마치 집으로 돌아온 듯한 아늑함을 느낀다.

산타클로스를 믿지 않는 나이는 언제부터일까.

"산타클로스가 정말로 있나요? 편집장님께, 저는 여덟 살이에요. 제 친구들이 산타클로스는 없다고 하는데 그 진실을 알려주세요."

버지니아의 편지를 받은 뉴욕의 일간지 『선(The Sun)』의 1897년 9월 21일자 사설 내용은 이렇게 시작된다. "버지니아, 네 친구들의 말이 틀렸단다. 친구들은 눈에 보이지 않으니까 믿지 않는 모양이구나."

뉴욕에 사는 버지니아 오핸런은 친구의 말을 듣고 산타클로스가 있는지 없는지 고민하게 되었다. 아버지께 물었으나 신문사에 편지를 보내보라고 한다. 버지니아의 편지를 받은 편집장은 남북전쟁 특파원이었던 프랜시스 처치에게 이 일을 맡겼고 그는 다음과 사설을 쓰게 되었다.

"버지니아, 산타클로스는 분명히 존재한단다. 마치 사랑과 관용과 헌신이 존재하는 것처럼. 그리고 너도 알지 않니? 이런 것들이 너의 삶에 최고의 아름다움과 기쁨을 준다는 것을.

보이지 않는 세상에는 베일이 있단다. 아무리 힘센 사람이라도 베일을 걷어치울 수는 없어. 단지 믿음과 상상, 시, 사랑, 낭만만이 커튼을 열고 베일 뒤에 있는 숭고한 아름다움을 볼 수 있어. 산타클로스가 없는 세상은 얼마나 어두울까? 마치 버지니아 없는 세상처럼."

어른의 세계로 발을 들여놓으려는 버지니아를 보호한 기자의 노력은 얼마나 재치 있고 또 멋이 있는가.

20세기 초 오스트리아의 경제학자이자 철학자인 Otto Neu Rath
는 "우리는 지금 대양 한가운데에서 있으며 고장 난 배를 계속 수선
하면서 항해를 계속하고 있는 선원들의 처지와 같다. 우리의 삶을
완성시켜 주는 기본가치들 – 가족, 행복함, 정직함, 무조건적인 사
랑 – 이 무엇인지 계속 물으면서 자신을 일깨워 가는 과정이다."라
고 말했다.

믿음 또한 그런 것이 아닐까. 사설의 두 주인공은 이미 세상을
떠났으나 우리 마음속에 함께 살고 있는 산타클로스의 존재를 계속
해서 일깨워 준다. 단순히 눈으로 보고 평가할 수 없는 한없이 따뜻
하고 한없이 깊은 시간들이 우리를 기다리고 있다.

눈 오는 날의 풍경

　1월이 거의 끝나가는 어느 토요일 아침이다. 집과 길, 나무들이 온통 눈으로 뒤덮여 있다. 뉴스에서는 2피트가량의 눈이 내릴 것이라고 한다. 엊저녁부터 조금씩 흩날리던 눈가루가 아침에는 솜 뭉텅이 같은 큰 눈송이가 되어 춤추듯 펄펄 내리고 있다.

　뉴욕시에서 써브웨이, 버스, 교통수단 모든 것을 중단했다. 관공서, 학교, 음식점도 모두 문을 닫았다. 다리와 터널도 통행을 금지했다. TV에서 보는 맨해튼의 거리는 사람들과 차들의 자취는 찾아볼 수 없고 대신 아이들이 나와 썰매를 열심히 타고 있었다. 어느 중년 남자는 눈 쌓인 길 한복판에 대(大) 자로 누워있다. 개를 데리고 나와 걸리는 젊은 부부는 "오늘 같은 날은 정말 특별하다."라며 흥분해 있었다. 어른들도 동심으로 돌아간 듯 눈싸움을 하고 스키를 갖고 나와 타는 사람도 보였다. 오랜만에 보는 느긋하고 행복한 순간이었다.

　"눈가루를 내 머리 위로 흩뿌리니 내 마음 밝아져 수심에 싸였던 나의 하루가 새로워지네." 로버트 프로스트의 〈눈가루〉라는 시구가 떠오른다.

눈 내린 날의 겨울 아침은 얼마나 아름다운가. 나는 이 춥고 회색 빛 나는 겨울날을 좋아한다. 이런 날은 우울한 기분도 축복을 받은 것처럼 환해지고 가벼워지니까.

소음도 없고 교통도 없고 사람도 없고 야생동물도 없는 눈 덮인 숲속은 고요하다. 들리는 소리라곤 내 발아래 부서지는 눈가루 소리뿐. 눈의 무게를 이기지 못해 가지가 휘어진 나무들이 많다. 앙상한 나뭇가지 끝에 수정처럼 매달린 눈꽃들, 뒷마당의 소나무 숲은 눈으로 가득 차 있다. 이름 모를 새들이 짹짹거리며 나목 속의 둥지로 날아들고 겨우내 먹을 도토리를 모으느라 바삐 뛰어다니던 다람쥐도 눈에 보이지 않는다. 아마도 겨울잠을 자는가 보다.

모든 것이 정지되어있다. 차가운 햇살에 수정같이 반짝이는 투명하고 눈부신 설경, 마치 동화 나라에 들어온 것 같다. 깊게 쌓인 눈 속의 세상은 다른 계절에서는 보기 힘든 고독함과 신비스러움을 가져다준다.

무성한 잎과 화려한 색깔로 자신을 나타내는 여름과 가을도 아름답지만, 뼈대 하나만으로 청정하게 서 있는 겨울나무의 강인함도 아름답다. 안으로 안으로 삭인 수많은 말을 침묵으로 전해 주고 있기 때문이다. 헐벗은 나무들 사이에 서 있으면 그들이 나에게 말을 걸고 있는 것처럼 느껴진다. 눈 내리는 겨울이 없었다면 나의 삶은 얼마나 더 황폐하고 어두웠을까.

눈 내리는 풍경의 모든 것을 사랑한다. 바람에 눈보라를 일으키는 모습, 주니퍼 나무 사이로 작은 눈이 똑딱거리며 떨어져 내리는 모습, 눈을 뒤집어쓴 하얀 지붕들, 수북이 쌓인 눈밭에 뒹굴며 마구 짖어대는 강아지, 하늘을 향해 누우면 차가운 눈송이 얼굴에 살포시 내려앉고 촉촉한 물이 흐른다.

폭설이 퍼붓는 어느 겨울날, 내 안에도 하얗게 하얗게 눈이 내려 쌓이고 있었다.

무성한 떨림

2월의 첫 일요일, 대서양 해변가에 수천의 사람들이 바다에 뛰어들기 위해 모여있다. '수퍼 볼 스프래쉬' 행사에 참여하기 위해서 각지에서 모여든 사람들이다.

1998년 수퍼 볼이 시작되는 날 아침, 롱비치 타운에 거주하는 두 청년 케빈과 피터가 기발한 아이디어로 대서양으로 뛰어들었던 이 날을 기념하기 위해 시작된 이 행사는 불치병에 걸려 시한부 인생을 살아가는 커뮤니티의 수많은 어린아이를 돕는 자선단체로 발전하게 되었다. 그들이 파도로 처음 뛰어들었을 때는 이렇게 큰 수익을 올리는 대단한 행사가 되어 커뮤니티에서 고통받는 수많은 어린 생명을 구하리라고는 상상하지도 못했다.

롱비치 기차역에서 대서양 해변가까지, 1마일을 조금 넘는 거리에는 바다를 향하는 인파들의 물결로 거리를 꽉 메웠다. 선글라스에 비키니를 입은 젊은 여자, 타올을 온몸에 두른 노인, 짧은 팬티에 맨발인 청년, 치렁치렁한 긴 머리에 귀걸이와 코걸이를 한 히피, 아들을 목에 태운 아버지, 담요를 두 팔로 껴안고 종종걸음으로 엄마를 따라가는 어린아이, 폴라 베어(polar bear) 로고가 새겨진 셔

츠를 똑같이 입은 젊은 엄마와 딸, 어린아이에서부터 노인에 이르기까지 각양각색의 사람들이 쓸쓸한 바닷가 동네에 활기를 불어넣어 주고 있다. 내 안에 신선한 바람이 인다. 정신없이 나도 그들의 뒤를 따라가고 있었다.

첨벙첨벙, 희뿌연 물보라 일으키며 Super Cold, Fantastic, Wonderful, 고함치는 소리… 그 무성한 떨림! 하늘과 땅을 뒤흔든다. 갈매기들도 놀라서 저만치 비껴 달아난다.

감당할 수 없이 크고 아득한 바다 앞에 알몸으로 서 있는 수천의 사람들, 얼음을 뚫고 날카롭게 솟구쳐오르며 환호하는 소리들로 너무나 뜨겁다. 몹시 추운 날임에도 온몸이 달아오른다. 뛰어들기 전에 크게 심호흡을 하는 사람, 십자가 성호를 긋는 사람, 두 손을 마주 잡은 연인들, 어깨동무를 한 십 대의 소녀들, 온몸을 두 팔로 껴안은 물안경을 쓴 노인, 어린 아들을 안고 있는 아버지, 모두들 기다렸다는 듯, 무서운 기세로 달려드는 파도를 향해 몸을 내던진다. 날쌔고 민첩한 그들의 행동은 두려움을 넘어서서 환희를 가져다준다. 정현종 시인의 〈바다〉의 시가 떠오른다.

"바다는 두근두근 열려있다/ 이 대담한 공간/ 출렁거리는 머나먼 모험/ 떠나도 어디 보통 떠나는 것이랴…."

사람들이 높은 절벽에서 뛰어내리는 것은 죽음을 원하는 것이 아니라 살아있다는 느낌에 대한 열망 때문이라고 한다. 온갖 격식과 예의를 송두리째 벗어버리고 실오라기 하나 걸치지 않은 알몸으로 한 마리의 잉어처럼 춤을 춘다.

'아' 하는 탄성이 절로 나왔다. 그들을 바라보며 생각했다. 나는 진정 내가 원하는 삶을 살고 있는가 했다.

사진을 찍으러 다니는 남편을 찾다가 모래사장에 얼굴을 파묻고 있는 어린 남자아이들을 보았다. 무엇을 하냐고 묻는 말에 "지금 썬텐을 하고 있는 것이 안 보이냐?"라고 되묻는다. 그들의 뺨은 새파랗게 얼어 있다. 얼마나 유머러스한가.

주변의 대학에서 온 응원단장과 댄스팀들은 DJ가 틀어주는 음악에 따라 춤을 추고, 모금을 위해 티셔츠, 모자, 스웨터, 조갑지, 고래 등이 그려져 있는 기념품들을 판매하는 사람들이 확성기로 사람들을 불러 모으고 있다. 이 겨울이 훈훈하고 따스하다.

뚝뚝 흐르는 물을 타올로 닦으며 걸어오는 청년, 암으로 고생하는 삼촌을 위해 3년 전부터 이곳에 온다고 한다. 아직도 어려 보이는 그가 그렇게 대견해 보일 수 없다. 벌벌 떨고 있는 그에게 따뜻한 코코아를 사서 갖다주었다. 환하게 웃으며 두 손으로 받아 마신다. 푸근하고 사랑스럽다.

근처의 바에 들러 한 모금의 술로 몸을 덥히고 왔다는 중년 여인은 "얼음덩어리가 떠다니는 차가운 바닷물에 처음으로 몸을 담그는 그 몇 초가 가장 힘들다. 마치 피가 거꾸로 솟아오르는 듯하다. 그러나 바다에서 나왔을 때의 그 황홀함은 경험해 보지 않으면 모른다. 렌트 걱정, 아이들, 후회, 번민 등 모든 스트레스가 순식간에 사라져 버린다. 정말 믿기지 않을 정도로 새로운 세상이 내 앞에 펼쳐진다."라고 말한다. 그렇게 이야기하는 그녀는 마치 신기한 물건을 발견한 어린아이 같다. 그녀는 남편이 장암으로 세상을 떠난 후부터 암으로 고생하는 어린아이들을 돕는 이 단체의 행사에 해마다 온다.

남을 돕는다는 것은 충동적으로 되는 것이 아니고 작은 일이라도 분명한 의지와 사랑이 있을 때 성취할 수 있다. 이토록 치열하고 눈부신 겨울은 처음이다. 이런 사람들로 인해 세상은 살만한 곳이 된다.

이 날의 행사를 위해 주최 측에서는 기차역에서부터 대서양 해변까지 무료 셔틀버스를 운행한다. 만일의 경우를 대비해서 구급차와 라이프 가드, 그리고 프로펠러가 바다 위를 낮게 날고 있다. 보드워크의 카페에서는 코코아를, 스토박스에서는 커피를 무료로 제공한다. 멀리서 달려온 사람들, 동네 주민들, 상인들, 모두들 하나 되는 사랑의 축제다.

평범한 어느 겨울날, 미리 계획하지도 기다리지도 않았던 폭포처럼 쏟아져 내린 삶, 나는 서리가 하얗게 내려앉은 모래에 무릎을 꿇었다. 불그스레한 둥그런 해가 서서히 바다로 떨어지고 있었다.

바르셀로나

일에서 벗어나 잠시 마음을 비우고 어디론가 훌쩍 떠나고 싶은 때가 있다. 이번 스페인 여행을 준비하면서는 더욱 그랬다. 아마도 바르셀로나에 대한 나의 향수 때문이리라. 바르셀로나로 가는 비행기 안에서 팔 년 전 이곳을 처음 방문했을 때의 일이 떠올랐다.

한여름의 타오르는 햇살에 반사되어 눈부시게 반짝였던 지중해 연안에 자리 잡은 아름다운 항구도시 바르셀로나, 그곳은 스페인의 또 다른 유럽이었다. 블록블록마다 진열되어있는 꽃가게와 과일, 수많은 관광객과 공연이 끊이지 않는 람블라스 거리는 모든 것이 푸른 바다로 연결되어있었다.

그 거리의 생동감은 무한한 자유의 느낌을 가져다주었다. 마치 무언가를 흡입하는 것처럼. 거대하고 특이한 모습의 사그라다 파밀리아(성가족성당)는 아직도 내 기억에 생생하다. 더 머무를 수 없었던 아쉬움을 안고 떠났던 그해 여름, 여름이 끝나가고 있는 지금, 나는 다시 바르셀로나로 찾아왔다.

일명 '가우디의 도시'로 불리는 바르셀로나는 고대의 건축에서부터 현대에 이르기까지 여러 종류의 건축물들이 있다. 이천년의 오랜

역사를 자랑하는 고딕 쿼터, 로마인들이 살았을 당시의 집들이 아직도 건재하고 있는 로마인들의 도시, 1992년 하계올림픽 스타디움, 그리고 19세기 초의 카타란(Catalan) 고유의 풍요로움과 관용적인 모습을 담고 있는 현대적인 건축물들이 모두 한곳에 모여있다. 고대와 현대의 조화가 잘 어우러져 있는 아름다움이 이 도시의 큰 매력이다.

건축의 흐름과 그 변화를 일목요연하게 보여주고 있는 이 도시를 상징할 수 있는 단 한 명의 건축가를 선택하라면 단연코 안토니오 가우디이다. 바르셀로나의 이미지에는 항상 그가 따라다닌다. 보잘것없이 쇠락해가던 폐허가 된 산업단지를 오늘날 많은 사람이 선망하는 문화와 예술의 도시로 탈바꿈시킨 가우디는 오랫동안 조상들의 풍속을 지키며 살아오던 이 고장 주민들의 자랑이며 또한 자부심이기도 하다.

스페인의 대표적인 건축가 안토니오 가우디는 모더니즘의 창시자로서 고딕체와 초현실주의가 혼합된 자신만의 고유스타일(가우디즘)을 창조하여 자연, 동물, 타일들을 혼합한 건물을 지었다. 당시에 유행했던 고딕체의 건물은 가장 불완전한 건축양식이며 완전해지려면 자연으로 돌아가야 한다고 그는 주장했다.

어려서부터 앓는 류머티즘으로 제대로 걸을 수 없어 규칙적으로 걷는 운동을 한 그는 자연과 가까이 지낼 수 있었고 자연만큼 위대한 책은 없다고 믿었다. 그의 독창적이고 환상적인 창작품은 모두 자연을 기초로 하여 이루어졌다. 나뭇잎, 버섯, 포도 넝쿨, 올리브 나무, 거북이, 용, 도마뱀 등은 그의 건물을 지탱하는 기둥이 되고 또한 장식품이 되었다.

구엘 공원의 전원주택지는 마치 나무 자욱한 숲속에 들어온 듯한 기분이 든다. 공원 입구에 여러 가지 다른 색깔의 타일로 만들어진 도마뱀의 조각, ≪헨젤과 그레텔≫에 나오는 것과 같은 화려하고 밝은 색깔의 지붕들, 광장의 주위를 뻥 둘러싸고 있는 물결의 흐름을 연상하게 하는 의자들, 나무 모양을 한 기둥들이 늘어서 있는 구불구불한 정원길은 생전에 그가 자연을 통해서 보고, 듣고, 체험하고, 사랑하고, 또한 그의 삶 속에서 잃어버린 것들을 그대로 보여주는 한 편의 아름다운 시다. 폐허처럼 내버려졌던 도시, 바르셀로나는 그의 천진난만함과 순수함으로 가득 찬 지상낙원으로 바뀌어졌다.

가우디는 직선과 평면을 토대로 하였던 종래의 기하학적인 건축양식에서 벗어나 자연으로부터 구상해낸 포물선과 둥근 곡선으로 그의 건축물을 설계하였다. 유럽의 고유한 전통적 건축양식에서 볼 수 없었던 그의 독특한 건축양식에 당대의 비평가들은 그는 하나의 몽상가에 지나지 않는다는 혹평을 했다. 그러나 그의 예술 세계를 이해하고 지원을 아끼지 않았던 절친한 친구이자 사업가였던 구엘의 도움으로 꿈을 실현시킬 수 있었다.

훌륭한 예술가가 살아생전에 제대로 인정받았던 일은 거의 없다. 그러나 진정한 예술가는 다른 사람의 인정 따위는 필요로 하지 않는다. 지극히 상식적인 나는 몽상을 할 수 있었던 가우디가 무척 부럽다. 그건 모든 것으로부터 자유로울 수 있는 사람만의 몫이니까.

바르셀로나의 역사적인 건축물, 창조주를 향한 그의 존경심과 찬

미가 곳곳에 배어있는 안토니오 가우디의 미완성 걸작품, 사그라다 파밀리아(성가족성당)는 일만삼천 명이나 수용할 수 있는 웅장한 성당으로서 동물들과 자연의 모양을 재료로 하여 복합적이고 화려하게 설계되어 있다. 성당에는 열여덟 개의 탑이 있으며, 열두 개는 예수님의 열두 제자, 네 개는 복음사가, 가장 높고 큰 탑은 예수님, 그리고 나머지 탑은 성모님을 나타낸다. 그다음에 세 개의 문이 있다. 탄생의 문, 고난의 문, 영광의 문이 그것이다. 그의 갑작스러운 죽음으로 인해 탄생의 문만 짓게 되며 나머지는 미완성으로 남아 있다.

성가족성당을 짓는데 40년의 긴 세월을 보냈던 가우디는 마지막의 수년 동안은 성당 안에서 살았다. 성당 한구석에 있는 너무나도 작고 초라한 그의 침실, 그것은 나를 숙연케 했다. 평생을 독신으로 지내면서 사제처럼 청빈한 삶을 살았던 그는 자신의 모두를 이 성당을 건축하는 데 바쳤다. 얼마 되지 않는 수입도 가난한 사람들에게 나누어주었다 한다.

교통사고로 중상을 입었을 당시 아무런 신분증을 가지고 있지 않았던 그는 집 없이 떠도는 길거리의 노인 취급을 받고 부랑자나 극빈자들을 수용하는 시립병원으로 실려 갔다. 그의 신분이 밝혀져 시설이 좋은 병원으로 옮기려고 했을 때 "나도 이 불쌍한 사람들 중의 한 사람이다."라고 하면서 극구 반대했다고 한다. 그의 높고 고귀한 삶은, 생각 없이 매일 매일 살아가는 무감각한 나의 영혼을 일깨워 주었다.

가치 있는 삶은 성취하는 데 있지 않고 나누어 주는 데에 있지 않은가. 자신의 일부를 준 것이 아니라 그의 모든 것을 몽땅 내어주었던 안토니오 가우디! 그는 정녕 하느님의 사람이었고 신의 집을 짓는 건축가였다.

그가 사망한 지 80년이 지난 바르셀로나의 곳곳에 그는 아직도 살아 숨 쉬며 많은 사람의 사랑을 받고 있다.

좋은 여행이란 또다시 돌아오기 위해서 떠나는가. 아쉬움을 안고 찾아온 도시, 그 마음 그대로인 채 떠난다. 다시 찾아오게 되면 그때는 지치도록 머무르리라.

알래스카를 다녀와서

산악인 마을 타키트나에서 바라보는 북미 최고봉인 해발 6,194의 디날리국립공원의 웅장한 모습, 거대하게 흐르는 빙하, 에메랄드빛의 아름다운 빙하 호수 등등…. 끝없이 펼쳐진 변화무쌍한 초록, 깊숙한 산속으로 들어가면 회색곰, 큰사슴, 독수리들을 만날 것만 같은 깊은 원시림, 수정처럼 맑고 푸른 빙하, 바다 밑에서 우글거리는 연어 떼, 상어, 물개, 돌고래, 벌레, 식물들의 비밀스러운 언어, 다른 어느 곳에서도 볼 수 없는 야생으로 가득 차 있는 알래스카의 그 광대함, 그 대담함, 그 거칢은 정말 완벽했다.

10,000평방 마일의 숲, 머스켓과 툰드라로 알려진 늪지대, 북미에서 가장 강력한 산으로 둘러싸여 있는 만년설로 덮인 20,320피트 높이의 맥킨리산 봉우리에 첫발을 내디뎠다. 손으로 잡힐듯한 구름, 마치 하늘 위로 떠다니는 것만 같았다. 지척에 서 있는 웅대한 산, 이 모든 것이 어찌나 신비스러웠는지. 전지전능하신 신이 맨 처음 세상을 창조하였을 때의 모습이 바로 이런 것이 아니었을까 했다. 한 시간여에 걸친 환상적인 에어투어는 잊지 못할 추억으로 오래 남아 있을 것이다.

추카치 산과 프린스 윌리암 사운드 사이의 약 1마일 길이의 땅에 자리 잡은 해안 도시, 발데즈에 도착했다. 휘황찬란한 거리와 눈에 띄는 이국적인 풍경과는 아무런 관련이 없는 외딴 이곳은 진정한 알래스카의 작은 마을이다. 바닷바람이 불어오는 부둣가에는 배를 타고 나가서 잡은 물고기의 인증샷을 찍는 곳이 눈에 뜨인다. 얼마 되지 않는 상점들, 어스름한 불빛이 새어 나오는 허름한 맥줏집, 세상의 기준과는 전혀 다른 소박한 이 분위기는 마음을 터놓고 믿을 수 있는 친구를 만난 것처럼 나를 조용하고 편안하게 했다.

1790년 스페인의 탐험가, 안토니오 발데즈에 의해 발견된 이 도시는 인구 5천 명에 불과하다. 그러나 알래스카에서 제일 중요한 항구도시로서 북극에서 생산되는 원유가 파이프라인을 통해 발데즈까지 보내지고 있다. '작은 스위스'라고도 불리는 이 마을은 눈이 쌓여 있는 높은 산들로 둘러싸여 산이 곧 바다로 떨어져 내릴 것만 같아 보였다. 그래서인지 정확히 눈은 내리지 않았지만, 진줏빛 도는 6월의 여름 하늘 아래 표류하는 공기는 가벼운 눈으로 가득 차 있는 것만 같았다.

주일날 새벽, 동네의 조그마한 성당에 미사를 드리러 갔다. 여행 중인 우리를 위하여 신부님은 일찍 성당 문을 열어 주시고 성체를 나누어주고 강복도 해주면서 "바로 옆집에 사는 사람들도 찾아오지 않는 성당을 뉴욕에서, 아니 머나먼 한국에서부터 온 여러분들이 찾아왔다."라며 매우 감격하시며 미사 강론에서 우리의 이야기를 하겠다고 하셨다. "누구에게도 들어 본 적이 없는 교회를 발견하는 것이 시스티나 성당을 관람해야 하는 강박감에 시달리는 것보다 훨씬 중요하다."라고 말한 헨리 밀러의 말이 떠올랐다.

한밤중에 창문으로 내다본 백야의 여름 하늘, 퇴색된 가게의 지붕 위를 환히 비추고 있었다. 눈물 나도록 아름다웠다. 불현듯 석양에 발갛게 물든 옷가지들이 펄럭이던 유년의 집 마당이 떠올랐다. 그때의 그 따스하고 순수한 곳으로 나는 되돌아가고 있었다. 우리는 생명을 추구하는 이 모든 것들과 함께 어쩌면 이미 낙원에서 살고 있는지도 모른다는 생각이 들었다.

알래스카의 이 작은 스위스 마을의 겨울은 은빛으로 가득 차 있지 않을까. 다음 여행을 기대해 본다. 흰 날개를 타고 들어오는 아침 햇살에 눈이 부셨다.

더블린

    나무는 짙은 안개가 서려 있고 비가 내릴듯한 회색빛 거리는 내가 더블린에 도착했다는 걸 실감 나게 했다. 일생의 3분의 2에 해당하는 기나긴 기간을 유럽의 도시들을 전전하며 살면서도 평생토록 그의 마음을 떠나지 않았던 도시, 제임스 조이스의 고향, 더블린은 오랫동안 내 마음속에 그리던 도시였다. 아일랜드를 여행하기로 결정했던 그 여름, 나는 제임스 조이스의 단편집 ≪더블린 사람들≫을 다시 읽었다.

    20세기 초 더블린을 배경으로 한 열다섯 편의 이야기를 묶은 ≪더블린 사람들≫은 아일랜드가 영국의 지배와 로마 가톨릭교회의 압도적인 영향으로 활력을 찾지 못하고 고통스럽고 갑갑한 현실에서 맴도는 정체된 인간들로 가득 찼던 그 시대에 더블린에서 태어나고 자라서 죽은 사람들의 삶을 있는 그대로 예리하게 파헤치고 있다. 타락한 정치와 극심한 가난으로 빈곤과 무지와 환상과 이기심에 의해 고정된 자리에 갇혀 지내면서 체념과 정체 상태에 빠져 마비된 삶을 살아가고 있는 더블린 사람들에게 모욕을 가함으로써 정신적 해방으로 나아가게 하려 했다.

제임스 조이스가 그의 첫 단편집 ≪더블린 사람들≫을 쓰게 된 이유이다.

"나의 의도는 조국의 도덕사의 한 장을 쓰는 것이다. 나는 더블린을 마비의 중심지로 보았기 때문에 이 도시를 이야기의 배경으로 택했다. 더블린은 수천 년 동안 수도였으며, 대영제국에서 두 번째로 큰 도시이고, 베네치아의 거의 세 배라는 사실을 기억한다면, 이제껏 그 어떤 예술가도 이 도시를 세상에 제대로 알리지 않은 것이 이상하게 여겨질 것이다. 내가 이 책을 쓴 목적은 여행자의 인상을 모아놓은 것이 아니라 유럽의 수도 중 한 곳의 삶의 모습을 재현하는 것이다."

이 작품은 너무나 부정적이고 어두우며 표현하는 언어가 구질구질하고 상스럽다는 이유로 출판 문제를 둘러싸고 7년간 극심한 투쟁을 벌인 후, 1914년에서야 비로소 출판된 작품으로 유명하다.

6월의 더블린 거리는 ≪율리시스≫의 '블룸스 데이' 연례행사가 바로 끝난 직후였다. 가로수에 매달린 총천연색 깃발들이 바람에 나부끼며 외국에서 온 여행객의 눈길을 끌고 있었다. 깡마른 체구의 마음 좋아 보이는 택시 운전수는 백미러로 나를 들여다보면서 "아일랜드에는 유명한 것이 많이 있다. 춤과 음악과 술 등 … 그러나 그중에서도 가장 유명한 것은 제임스 조이스이다."라고 했다. 깜짝 놀랐다. 제임스 조이스의 글을 읽었느냐고 물었더니 잘 모른다고 했다. 시적이면서 현실적이고 무자비하면서 순수한 제임스 조이스의 글은 그가 죽은 지 80년이 지난 지금까지도 아일랜드 사람들의 마음에 활활 타오르고 있었다.

"어머니가 돌아가신 후, 유품을 정리하다가 그녀의 야간 스탠드에서 1958년 문고판을 발견했다. 그녀는 글을 겨우 깨우친 순진한 시골 출신이었는데 삶의 고비고비마다 어려움이 닥칠 때 이 책을 펼쳐 들었을까? 나달나달해진 책장이 가슴을 아리게 했다. Joyce는 순교자다. 교회의 성인이 아닌 세속의 문학 세계를 위한 성인이었다."라고 한 어느 아이리시 작가의 글을 읽었다. 제임스 조이스는 아일랜드 사람들의 정신적 기둥이었던 것이다.

더블린 작가들의 박물관에 들렀다. 옹색한 전시품임에도 불구하고 우울한 도시의 빛나는 영혼들: 제임스 조이스, 조지 버나드 쇼, 윌리엄 버틀러 예이츠, 오스카 와일드의 삶과 유품들이 전시되어 있었다. 제임스 조이스가 어릴 때 치던 피아노는 보는 이들의 마음을 흔들었다. 라이브 민속 음악과 DJ 공연이 항상 열리는 템플 바의 북적이는 사람들 속에서 두꺼운 안경을 쓴 제임스 조이스의 커다란 동상 옆에서 한 컷의 사진을 찍었다.

거리에서 만나는 사람들은 대부분 우산을 들고 다녔다. 길거리에서 만난 어느 여인은 뉴욕에서 왔다고 하니까 오래전에 뉴욕을 한번 방문했는데 모든 것이 너무 빠르게 돌아간다는 느낌을 받았다고 하면서 "아일랜드 사람들은 느리고 여유가 있다. 그리고 우리는 술을 좋아한다. 아마도 날씨가 항상 흐려서 마시는 것 같다. 그래서 해가 잠시 반짝하는 그 짧은 순간을 놓치지 말고 마음껏 즐겨야 한다, 언제 또 비가 내릴지 모르니까."라고 말하는 그녀의 눈은 행복해 보였다.

마지막 날, 기네스 맥주회사에서 블랙커랜트(black current)를 한두 방울 떨어트린 지독하게 쓰고 달디단 맥주를 연거푸 마셨다.
제임스 조이스의 거리에는 바람이 일고 있었다.

어느 오월 밤의 추억

오월이 끝나가는 자정이 가까운 어느 날 밤, 집으로 돌아오는 길에 고속도로에서 사고가 났다.

그날따라 구름이 잔뜩 낀 하늘에 별 하나도 뜨지 않았다. 앞을 제대로 볼 수가 없었다. 백 미터도 채 안 될 것 같은 가까운 거리에 무엇인가 모를 시커먼 물체가 나의 시야에 들어왔다. 고속도로 한가운데 길을 막고 서 있는 저것이 무얼까 하는 신경을 쓰면서도 빨리 집으로 가야 한다는 조급함에 80마일 가까이 달리고 있었다. 그 검은 물체에 점점 가까워지면서 그제서야 나는 브레이크를 힘껏 밟았다. 과속으로 달리던 차는 그대로 그 검은 물체를 향해 달려가다 부딪칠 수밖에 없었다.

차는 덜커덩거리며 길가 옆으로 튕겨 나갔다. 나는 잠시 정신을 잃었던 것 같다. 다친 곳은 없느냐는 희미한 소리에 깨어났다. 차량이 복잡한 때라면 크게 다치거나 죽을 수도 있었을 것이라는 끔찍한 생각이 잠시 나를 스쳐 지나갔다. 순간 살아있는 나 자신이 얼마나 대견스러웠는지 모른다. 삶 자체가 큰 위안이고 기쁨이었다.

고속도로 한가운데 장승처럼 우뚝 버티고 서 있었던 정체불명의 그 검은 물체에 대한 나의 궁금증은 그 외중에서도 나를 괴롭혔다. 혹시 주인을 잃은 개가 아니면 숲속에 살고 있던 사슴이 큰길가로 찾아 나온 것은 아닌가 했다. 생전 보지도 못한 어떤 흉측한 괴물이 아닐까 하는 극적인 생각까지도 들었다. 그 수수께끼의 물체는 일찍이 보지 못했던 대형 트럭에만 쓰이는 거대한 사이즈의 타이어였다. 살아있는 생물이 아닌 것이 얼마나 다행인가 싶었다. 춥지도 않은 늦은 봄이건만 온몸이 떨려왔다.

나에게 다가왔던 사람은 삼십 대 초반으로 보이는 히스패닉계의 젊은이였다. 그의 옆에는 봄을 한 몸에 두른 듯, 노란색 꽃무늬 드레스에 연보랏빛 스카프를 목에 늘어뜨린 여인이 안타까운 표정으로 나를 지켜보고 있었다. 그 젊은이는 타이어를 바꾸어야 하는데 나는 일반 승용차에 대해서는 경험이 많은데 중형차는 생소하다며 내 차에 대한 매뉴얼과 타이어를 바꿔 껴야 하는데 필요한 연장들을 찾고 있었다. 차에 관한 것은 주유소에서 가솔린을 넣는 것이 고작인 나는 그러한 것들이 어디에 있으며 무엇에 필요한 것인지를 전혀 몰랐다. 평소에 미리 알아두지 못했던 나의 무관심과 게으름이 그때처럼 후회스러웠던 적은 없었다.

젊은이는 매뉴얼에 플래시 라이트를 비추어 차근차근히 읽어가면서 가까스로 내 차의 타이어를 바꾸어 낄 수 있었다. 손쉽게 할 수 있는 일도 아닌 것을 데이트하던 여자 친구까지 기다리게 하면서 막막하기만 했던 나에게 도움을 주었다. 미국에 오래 살면서 이러한 휴머니스트를 많이 보아왔지만, 언제나 가슴이 뭉클하도록 감동한다. 젊은이는 미안해서 어쩔 줄 모르는 나에게 말했다.

"당신을 보면서 내 어머니 생각이 났어요. 당신을 도움으로 해서 나의 어머니도 어려운 상황에 놓여있을 때 누군가의 도움을 받을 수 있을 것이라는 생각 말이에요."

자그마한 체구의 그가 하늘처럼 높고 대단해 보였다. 환하게 웃는 그의 얼굴에서 해방감을 느꼈다. 내 어머니뿐 아니라 남의 어머니도 자신의 어머니처럼 대할 수 있는 너그러운 마음은 어디서부터 내려온 것일까.

그해 여름, 유럽으로 휴가를 떠났다. 하이델베르크에 들렀을 때 독일 냄새가 물씬 풍기는 맥주컵을 그 청년을 마음에 두면서 샀다. 엉뚱하게 영화 ≪황태자의 첫사랑≫의 한 장면이 떠올랐다. 푸르샤의 왕자가 하이델베르크대학에 유학하면서 학교 근처의 카페에서 첫사랑을 만나고 헤어졌던 바로 그 장소에 내가 와 있다는 사실이 믿겨지지 않았다. 여행이 가져다주는 낭만이리라.

사고가 일어난 지 이미 석 달이나 지났다. 여행에서 돌아오자마자 맥주컵을 UPS로 그 청년에게 보냈다. 선물을 받은 후 그는 내가 일하는 장소까지 찾아왔다. "이런 일은 처음이다."라며 감격해했다. 사랑은 독감처럼 옮겨가는 것인가! 주고받는 일이 있어, 삶은 작은 일에도 충분히 행복할 수 있고 아름다울 수 있었던 5월의 그 밤을 잊을 수 없다.

어느 짧은 여행

　지난여름, 남편 친구의 딸, 결혼식 초대로 샌프란시스코에 3일간 머물게 되었다.

　오래전부터 와 보고 싶었던 도시다. 결혼식이 끝난 다음 날 버스로 시내 관광을 했다. 비가 주룩주룩 내리는 거리에는 도발적인 낙서에서부터 정교하고 진지한 작품에 이르기까지 크고 작은 벽화들이 늘어서 있었다. 히피문화가 건재하고 있는 이 도시의 고풍스러운 분위기가 60년대로 다시 돌아간 듯했다. 거리의 벽화들은 예술가들의 현실 발언으로, 저항 수단으로, 개인의 표현 수단으로써 삭막한 도시에 반짝이는 아이디어와 위트를 던지기도 하고, 수준 높은 예술성으로 새로운 공간 미학을 창출하고 있다는 가이드의 설명이었다. 버스 안에서는 '샌프란시스코에 가신다면 머리에 꽃을 꽂으세요.'라는 노래가 계속 흘러나오고 있었다.

　구불구불한 언덕길을 넘어 8만여 명의 인구가 모여 산다는, 영어보다는 중국어를 더 많이 사용하고 있는 서해안 최대의 차이나타운에 잠시 들렀다. 상아나 옥으로 만든 세공품, 진귀한 물건, 다양한 아기자기한 상품들이 길거리에 늘어서 있었다. 중국의 전통문화를 느낄 수 있었다. 빨간색 지붕의 식당으로 들어가 중국 음식으로 점심을 한 후 금문교로 향했다.

비는 그치지 않았다. 잔뜩 안개 낀 날씨는 금문교의 웅장한 모습을 보여주지 못했다. 무척 아쉬웠다. 우리는 창밖을 뚫어져라 내다보고만 있었다.

"여러분 금문교에 도착했습니다. 모두들 내릴 준비를 하세요. 오늘은 드라이 썬 샤인(dry sunshine)이 아니고 웻 썬 샤인(wet sunshine) 입니다. 젖지 않도록 비 사이를 조심해서 다니세요."라고 말하는 가이드의 우렁찬 목소리가 들려왔다. 침울하게 가라앉았던 분위기가 갑자기 환해지면서 모두들 한바탕 크게 웃었다. 평범함 속에서 비범함을 찾아내는 그 재치는 톡톡 튀는 신선함을 가져다주었다. 안내자의 말 한마디가 모든 것을 바꾸어 놓았다. 얼마가 기특한 발상인가. 여행은 무엇을 보러 가는 것이 아니라 새로운 자신을 만나러 가는 것이다. 보헤미안과 예술가들이 사랑한 자유와 낭만의 도시, 비트족, 히피족, 게이와 레즈비언, 중국인, 라틴 문화 등 다양한 인종과 문화가 섞여 있는 안개 낀 도시가 얼마나 로맨틱하게 다가왔는지 모른다.

그곳에서 지내는 3일간 연일 비가 내렸다. 그러나 샌프란시스코에 대한 나의 인상은 비도 햇빛으로 만들 수 있는 예술인들이 사는 도시라는 느낌으로 남아 있다.

"모든 순간은 그렇게 여기고자 하는 이에게는 금빛으로 빛난다. 삶은 모든 순간이며 바로 지금인 것이다."라는 헨리 밀러의 말이 실감 나게 떠오르게 하는 짧지만 기나긴 여운을 남긴 여행이었다.

꙳

남을 돕는다는 것은
충동적으로 되는 것이 아니고
작은 일이라도 분명한 의지와 사랑이 있을 때
성취할 수 있다.
이토록 치열하고 눈부신 겨울은 처음이다.
이런 사람들로 인해
세상은 살만한 곳이 된다.

꙳

내 영혼이
따뜻했던 날들

소박한 삶

2019년 말, 중국 우한에서 시작된 미상의 폐렴이 2020년을 시작으로 세계로 퍼져나갔다. 한동안 잠잠해지는 듯했으나 하루가 다르게 전염자 수와 사망자 수가 다시 늘어나고 있다. 끝이 보이지 않는다.

사람들은 코로나바이러스가 언젠가는 내 가까이에 와서 사랑하는 나의 가족과 친구를 데려갈지도 모를 두려움 속에 나날을 버티고 있다. 붐비던 거리와 도시는 정적에 잠기고 '사회적 거리두기'가 일상화되어가고 있는 요즈음 우리의 삶은 완전히 바뀌었다. 지금까지 한 번도 경험해 보지 못한 새로운 세상을 살고 있다.

저명한 과학저술가 데이비드 콰먼은 "코비드-19와 같은 인수공통감염병은 대부분 야생동물에서 유래한다. 인간은 끊임없이 숲의 나무를 베어내고 흙과 바다를 오염시키며 야생 생태계를 계속해서 훼손하고 있다. 이로 인해 야생동물과 접촉하는 일이 점점 늘어나고 있다고 경고한다. 이윤과 성장을 추구하기 위해서는 심지어 지구 자체의 기온을 올리는 일도 서슴지 않는 무절제한 탐욕이 지금과 같은 파국적 상황을 불러온 것"이라고 했다.

팬데믹은 위험하다. 그러나 사회가 어떻게 대응하느냐에 따라 어느 정도의 방파제 역할을 할 수 있다. 미국 항공 우주국(NASA)과 유럽우주국에서 수집한 위성 데이터에 의하면 전 세계 사람들이 여행을 제한하고 코로나바이러스로 사회적 거리를 두고 살아가면서 이산화질소가 급격히 감소한 것으로 나타났다고 한다. 캘리포니아에서는 오랜만에 맑은 공기와 파란 하늘을 볼 수 있고 인도 북부지역에서도 맑아진 하늘 덕에 30년 만에 히말라야의 설산이 보인다고도 한다.

코로나바이러스로 수개월 동안 집에서 보내는 시간들이 나에게는 결코 답답하거나 지루하지 않았다. 음식도 장만하고 책도 읽으며 보내는 날들이 안온하고 행복했다. 햇빛 좋은 날, 베란다에서 파도 소리를 듣기도 하고, 머리 깃털을 바닷바람에 흩날리며 지평선을 바라보며 거의 5분 동안을 꿈쩍하지 않고 서 있는 갈매기들의 여유 있는 일상을 부러워하기도 했다. 바다, 파도 소리, 바람, 새는 늘상 내 가까이에 있었으나 그동안 제대로 볼 수도 들을 수도 없었다. 나는 정작 중요한 것은 잊은 채 무작정 앞만 보고 달려온 내가 가엾게 느껴졌다.

19세기 미국의 자연주의 철학자, 헨리 데이비드 소로는 수많은 사람의 심금을 울린 그의 책 ≪월든≫에서 말했다. "우리는 더 많은 것을 얻으려고만 끝없이 노력하고, 때로는 더 작은 것으로 만족하는 법을 배우지 않을 것인가? 나는 유람 열차를 타고 유독한 공기를 마시며 천국에 가느니 차라리 소달구지를 타고 신선한 공기를 마시면서 땅 위를 돌아다니고 싶다. 원시시대의 소박하고 적나라한 인간

생활은 인간을 언제나 자연 속에 살도록 하는 이점이 있었다. 그러나 보라! 인간은 이제 자기가 쓰는 도구의 도구가 되어버렸다…. 간소화하고 간소화하라. 하루에 세 끼를 먹는 대신 필요할 때 한 끼만 먹어라. … 가장 야생적인 것이 가장 활기차다."

우리의 진정한 자아와 가장 고귀한 목적으로 돌아오기 위해서 소로는 자연과 함께하는 소박한 삶을 살라 한다. 언제 끝날 것인가? 정상으로 돌아가기를 모두들 애타게 기다리고 있다. 신종 코로나는 우리에게 최악의 기회를 가져다주었다. 그러나 다양한 측면에서 우리의 삶을 재조명할 수 있는 최대의 기회를 주었다.

선택은 우리의 몫이다. 코로나 이후의 세상을 기대해 본다.

작고 좋은 것

살면서 누구나 깊은 슬픔에 빠져 본 적이 있을 것이다. 미국 작가 레이먼드 카버의 단편소설 ≪별것 아닌 것 같지만 도움이 되는≫은 외아들의 비극적인 죽음을 맞이하는 젊은 부부의 가슴 아픈 이야기를 다루고 있다.

행복하게 살아가는 평범한 부부가 아이의 생일을 앞두고 생일 케이크를 빵집에 주문한다. 그러나 아이는 불의의 교통사고를 당하고 혼수상태에 빠져 며칠을 보내다 결국은 죽는다. 이를 알 리 없는 빵집 주인은 밤마다 케이크를 가져가라 독촉 전화를 걸었고, 슬픔과 분노로 가득 찬 부부는 빵집 주인을 찾아가 화를 쏟아붓는다.

상황을 알게 된 빵집 주인은 어쩔 줄 몰라 하며 부부에게 자신이 만든 따뜻한 빵을 대접한다.

"미안하다는 말을 해야겠소. 내가 얼마나 미안한지는 하느님만이 아실거요. 나는 빵장수일 뿐이라오. … 그렇다고 해서 내가 한 일의 변명이 될 순 없겠지요. 그러나 진심으로 미안하게 됐소. 내가 만든 따뜻한 롤빵을 좀 드시지요. 이럴 때 뭘 좀 먹는 일이 별것 아닌 것 같지만 도움이 된다오… 이 냄새를 맡아보시오. 퍽퍽한 빵이지만 맛깔난다오."라며 자기가 만든 롤빵을 내어놓는다.

그 롤빵은 따뜻하고 달콤했다. 지독한 슬픔으로 허기를 느끼지도 못하고 있던 부부는 갓 구운 따뜻한 빵 냄새를 맡고 한입 가득 베어 문다. 상가 전체가 시커먼 어둠에 휩싸인 가운데 홀로 불을 밝힌 작은 빵집에서 이제 막 지독한 슬픔을 맛본 부부를 향해, 처음부터 슬프게 살아왔던 빵집 주인은 자신의 이야기를 들려준다. 그의 이야기를 경청하며 부부는 자신들의 삶에 들이닥친 불가해함에 위로를 받는다.

우리가 서로를 진정으로 알거나 우리의 삶을 완전히 통제하는 것은 불가능할 수도 있지만, 다른 사람들을 이해하려는 우리의 시도는 우리의 삶을 가치 있게 만드는 '작고 좋은 것'이라고 한다.

채널2 뉴스에 나온 82세의 단(Dan)은 아내가 사망한 후 깊은 우울증에 빠져있었다. 어느 날 동네 슈퍼마켓에서 4살짜리 소녀, 노라를 만나고 그의 삶이 바꿔어버린다. 얼굴을 잔뜩 찡그리며 장을 보고 있던 그에게 다가온 노라는 "안녕, 까다로운 늙은이, 오늘이 바로 내 생일이야."라고 말했다. 그리고 과감하게 그에게 포옹을 요구했다. 엄마에게 새 친구와 함께 사진을 한 장 찍어달라는 부탁까지 했다. 이렇게 행복한 일이 일어나리라고는 상상도 못 했다고 말하는 그의 입술은 떨렸고 주름진 얼굴 위로 눈물이 주르르 흘러내렸다. 4살짜리 노아는 자신도 모르는 사이에 사람을 살리는 일을 한 것이었다.

멍청하게 보일지 모르는 위험을 감수하고라도 가끔은 소박한 경이로움 앞에 멈춰서야 한다고 작가는 말한다. 우리는 우리의 작은 것, 통제할 수 없는 것에 연결되어있다. 그리고 그것은 우리의 삶을 가치 있게 만드는 작고 좋은 것이라 한다.

늙은 빵집 주인이 무슨 말을 했는지 구체적으로 밝히지 않는다. 부부의 슬픔이 치유됐는지도 잘 모른다. 그저 새카만 어둠 속에서 갓 구운 빵 냄새를 맡으며 게걸스레 먹어대는 슬픈 사람이 있고, 슬픈 줄도 모르고 살아왔다가 이제야 자신의 이야기를 쏟아내는 사람이 있을 뿐입니다. 소설은 그렇게 끝난다.

'작고 좋은 것'은 슬프고도 따스한 이야기이다. 미완성 스케치의 부드럽고 우수에 찬 작가 안톤 체호프를 떠올려 주었다. 두려움과 상실을 경험한 사람이 어떻게 서로 나누고 연대하는가를 보여주고 있다. 아이를 모르는 사람에게 아이 이야기를 들려주고 설명해 주고 이해하고 치유된다. 우리 인간사회의 용서와 친절, 사랑에 대한 이야기이다. 결과적으로 '작고 좋은 것'에 대한 더 크고 광활한 그 무엇을 사색하게 한다.

한 해를 보내는 마지막 달, 작고 좋은 것이 가져다주는 긍정적 힘에 대해 생각해 본다.

우리의 사랑은 온유한가

"당신의 사랑은 온유합니까? 이기적이지 않고 배타적이지 않습니까?"

고찬근 신부는 그의 단상집 ≪우리의 사랑은 온유한가≫에서 묻고 있다. 평범한 일상에서 만나는 작은 기적들: 생소한 사람으로부터 받는 눈인사, 미리 문을 열고 기다려주는 친절함, 차선을 바꾸려 할 때 선뜻 양보해 주는 여유스러움, 아이들의 천진스러운 웃음소리에 나도 모르는 사이에 행복해진다. 향기 나는 삶이다. 나로 인해 어느 한 사람의 하루가 행복해진다면 얼마나 보람 있는 삶일까.

물질문명이 눈부시게 발달한 세상을 살아가면서 우리는 무엇이든 소유하려는 것에 많이 익숙해져 있다. '더 많이, 더 높이'라는 슬로건을 외치면서 열심히 뛰어다니는데 어쩌면 어디로 가는지도 모르고 무작정 달리기만 하는 것은 아닐까.

나에게, 삶이란 오랫동안 어떤 방해물을 해결하는 숙제처럼 여겨졌다. 머리로는 기적을 이룰 수 없지만, 마음으로는 기적을 이룰 수 있다고 한다. 자기중심주의는 반 자연적이다. 사랑에는 사랑으로 흐르려는 의지가 있어야만 한다. 마침내 죽음의 순간이 왔을 때 내가 헛된 삶을 살았구나, 후회하지 않기 위해 숲속으로 들어갔다는 헨리 데이비드 소로의 말은 크나큰 울림으로 다가온다.

결혼 50주년을 맞은 지난 늦가을, 콜로라도에 사는 딸아이로부터 깜짝 선물이 배달되었다. 결혼 50주년 축하하는 앨범을 만들어 주었다. 빛바랜 사진 위에 펄럭이는 수많은 지난날, 이웃에 사는 70대의 유대인 부부, Elliot과 Dina에게도 보여주었다. 그 이튿날 이른 아침, 도어벨이 울렸다. 그들은 각각 12송이의 분홍색 장미꽃을 안고 있었다. 우리를 보자마자 "Beautiful 50 years!"라고 큰소리로 축하해 주면서 Elliot은 남편에게, Dina는 나에게 꽃다발을 안겨주는 것이었다. 영화의 한 장면처럼 아름다웠다.

어린아이처럼 순수한 노부부의 모습은 생텍쥐페리의 ≪어린 왕자≫에 나오는 여우의 말을 떠올려 주었다. "안녕, 여기 내 비밀이 있어. 그건 간단해. 마음으로 보면 잘 보인다는 거야. 가장 중요한 것은 눈에 보이지 않아."

고찬근 신부는 사랑만이 사람을 자연스럽게 살게 해준다. 자의식에 빠져있는 사람은 세상의 진리를 잘 보지 못한다. '보이지 않는 것을 보게 해주는 것이 사랑이며, 보이는 것을 더 선명하게 해주는 것이 사랑이다. 중요한 것은 마음이다.'라며 끝을 맺는다.

나의 사랑은 온유한가?

친절

11월의 어느 일요일 아침이었다. 성당 파킹장에 도착하자마자 부슬부슬 비가 내리기 시작했다. 서두르며 내리느라 우산을 차에 놓은 채 그냥 내렸다. 미사를 막 끝난 미국 본당 신자들이 손으로 머리를 가린 채 파킹장으로 바삐 걸어가고 있었다. 그런데 그 반대 방향으로 나를 향해 똑바로 걸어오는 중년 남성이 있었다. 그는 나에게 가까이 다가오더니 우산을 나에게 씌워 주면서 성당 문 앞까지 함께 가 주었다. 그리고 "Happy Sunday."라고 말하고 떠났다.

미사 드리고 있는 내내 그가 생각났다. 만나는 사람마다 그때 그 심정을 나누고 싶었다. 네덜란드의 저널리스트이자 사상가인 뤼트허르 브레흐만은 그의 저서 ≪휴먼카인드≫에서 윈–윈 시나리오를 기반으로 생각하라. 안타깝게도 수많은 회사, 학교, 기타 기관은 서로 경쟁에 몰두하는 것이 우리의 본성이라는 신화를 중심으로 조직되어있다. 최고의 거래는 모두가 이기는 거래라고 말했다.

매일 매일의 뉴스를 보면 온통 살인과 유괴와 전쟁 이야기 일색이다. 세상에는 나쁜 사람들만 있는 것 같다. 그러나 자세히 살펴보면 따스한 눈빛, 환한 웃음, 친절한 말 한마디로 우리 주위를 밝게 비추는 사람들이 있음을 보게 된다. 이타주의 운동의 공동 창립자이자 옥스퍼드대학교 글로벌 우선순위 연구소의 철학 및 연구원인 윌리엄 맥어스킬(MacAskill) 교수는 우리는 우리의 시간과 돈으로 가능한 다른 사람을 돕고, 특히 도덕적 불확실성이 있는 상황에서 행동하는 방법에 중점을 두어야 한다고 지적했다. '모든 것은 형편없다.'라는 사고는 전혀 도움이 되지 않는다. '우리가 무엇을 할 수 있을까?'라고 물어야 한다고 한다.

순간적으로 일어났던 작은 사건, 그러나 오랫동안 내 마음을 흔들었던 단순하고 용기 있는 그의 행동은 주룩주룩 비 내리는 우중충한 날임에도 불구하고 햇빛 찬란한 어느 하늘 아래 서 있는 듯 가뻤다. 선행은 연못에 던진 돌과 같아서 사방으로 파문이 퍼진다고 한다. 갑자기 내 안에 숨어있던 선하고 거대한 그 무엇이 출렁거렸다. 나도 나에게 주어진 시간을 향기롭게 살고 싶어진다.

인간을 변화시키는 가장 큰 힘은 거대한 그 무엇이 아니라 조금만 더 친절한 것에 있다. 한 사람의 사소한 친절이 하루를 행복하게 만들기도 하고 한 사람의 인생을 바꾸기도 한다.

인간의 선함만큼 고귀하고 아름다운 것이 또 어디 있을까.

내 영혼이 따뜻했던 날들

포리스트 카터(1925~1979)의 ≪내 영혼이 따뜻했던 날들≫을 읽었다. 소설의 원제목은 'Education of Little Tree'로서 저자 포리스트 카터의 자전적 소설이기도 하다.

1930년대의 대공황 무렵, 주인공 '작은 나무'는 다섯 살 때 부모를 잃고 체로키족 혈통을 이어받은 할아버지, 할머니와 같이 산속에서 살게 된다. '작은 나무'는 사냥과 농사일, 위스키 제조하는 방법 등을 할아버지에게 배우고 생활에 꼭 필요한 것만을 자연에서 얻는 인디언식 생활방식을 점차 터득해 나간다.

"'작은 나무'는 이른 새벽 일어나 할아버지와 함께 산을 오른다.…산 정상에는 폭발이라도 일어난 것처럼, 반짝이는 빛들이 하늘 위로 솟구쳤고, 얼음에 덮인 나뭇가지들은 물결처럼 내려가면서 밤의 그림자들을 천천히 벗겨가고 있었다…."라는 구절이라든가, "산이 깨어나고 있어."라는 할아버지의 낮고 부드러운 목소리, 작가의 풍부한 상상력이 그때 그 장소를 완전히 상상할 수 있도록 그 광경이 가슴에 와닿는다.

할아버지는 산에 가서 매가 메추라기를 사냥하는 것을 보고 자연의 이치에 대하여 가르친다. "누구나 자기가 필요한 만큼만 가져야 한다. 꿀벌인 티비들만 자기들이 쓸 것보다 더 많은 꿀을 저장해두지. 그러니 곰한테도 뺏기고 너구리한테도 뺏기고 우리 체로키한테 뺏기기도 하지. 그놈들은 언제나 자기가 필요한 것보다 더 많이 쌓아두고 싶어 하는 사람들과 똑같아…. 사람들은 그러고도 또 남의 걸 빼앗아오고 싶어 하지. 그러니 전쟁이 일어나고…." 할아버지가 가르쳐준 자연의 이치란 누구나 필요한 만큼만 가져야 한다는 것이다. 자연을 이해하기보다는 거스르며 사는 우리는 어떠한 세상을 꿈꾸고 있는 것일까.

"자연이 봄을 낳을 때는 마치 산모가 이불을 쥐어뜯듯 온 산을 발기발기 찢어놓곤 한다."라는 어린이답지 않게 당차고 성숙한 소년의 표현이 무한한 감동을 안겨준다.

'작은 나무'는 개울가에 앉아서 거미가 거미줄을 한 가닥씩 쳐나가는 광경을 관찰하기도 하고, 봄철이 되면 민들레꽃들을 따서 샐러드를 만들어 먹기도 한다. 숲속의 새나 동물들이 생명을 유지하는 법을 배우며 변화무쌍한 자연과 함께 살아간다. '작은 나무'는 진정한 행복이 어떤 것인지를 몸소 체험하며 살아간다. 이러한 기회조차 없는 도시의 아이들은 어쩌면 삶에 가장 중요한 교훈들을 놓치고 사는지도 모른다.

할아버지는 과거를 모르면 앞으로 어디로 가야 하는지도 모른다며 체로키족의 지난 일들을 알려준다. 필요한 만큼만 소유하고, 육신보다는 영혼의 마음을 키워야 하며 서로의 영혼을 이해하는 것이 사랑이라고 가르치는 인디언의 삶을 통해 오늘날을 사는 우리들의 환경, 인종, 교육 문제 등을 되돌아보게 한다. 만남과 이별, 할아버지와 손자와의 이야기, 자연과 함께 자라는 '작은 나무', 인디언들의 삶에 대한 교훈이 들어있는 영혼이 따뜻해지는 책이다.

TV는커녕 전화나 라디오도 없이 자랐던 내 유년 시절이 떠오른다. 무엇을 배우기 위해 안달복달하고 무엇을 성취하고 자랑하며 지내는 그런 시간들이 전혀 아니었다. 기발하고, 두렵고, 달콤하고 아무것도 아닌 것에 즐거워하고 춤추었던 흥미스러운 그런 시간들이었다. 옆집의 연못가에 늠름하게 서 있는 키 큰 석류나무에 금방이라도 터질듯한 새빨간 큰 석류를 몰래 따서 옷 속에 집어넣고 뒤도 안 돌아보고 집으로 뛰어갔던 일, 앞마당에 서 있는 두 그루의 앵두나무에서 새알만 한 크기의 앵두를 신나게 따던 눈이 유난히 크고 시커먼 여자아이가 지금도 내 눈앞에 서성거리고 있다.

백장미가 있는 집으로 이름난 우리 집은 한여름이 되면 온 정원에 퍼진 향긋한 장미 향기와 하루 종일 시끄럽게 울어대는 매미 소리로 그득 찼었다. 담 옆의 오동나무 곁에 쪼그리고 앉아 가끔 옻이 올라 손등이 가렵기도 하고, 포도나무 넝쿨에 매달린 포도를 입술이 시퍼렇게 물들도록 따 먹었다. 그런 날은 점심을 안 먹어도 배가 불렀다. 무엇보다 햇볕이 내리쬐는 마루 끝에 앉아 동생들과 함께 봉숭아 꽃잎을 백반과 함께 찧어서 열 손톱을 발갛게 물들였던 일은 가장 기다려지는 일 중의 하나였다.

모든 것이 부족하고 어설프고 가난했던 그 시절, 변소에 가득 찬 오물을 지게로 퍼서 나르면 고약한 똥 냄새가 바람에 퍼져 코를 막고 다녀야만 했다. 그런 날들이 그리움이 되어 내게 다가올 줄이야.

결과적으로 나는 야생동물처럼 마당과 숲을 뛰어다니며 밖에서 크고 자란 셈이다.

돌이켜 보면 내 영혼이 따뜻했던 날들이었다.

허리케인 샌디

핼러윈을 바로 앞둔 지난 10월 말, 자메이카와 쿠바, 미국 동부 해안에 상륙한 허리케인 샌디(Hurricane Sandy)는 최대 풍속이 초속 50m, 폭풍 직경이 최대 1,520km로 북대서양 사상 최대 허리케인으로 기록되었다.

프랑켄 스톰(프랑켄스타인과 스톰의 합성어), 슈퍼스톰으로도 불리우는 허리케인 샌디가 엄청난 폭우와 돌풍을 몰고 미 동부로 접근 중이라는 소식에 뉴욕시민들은 초비상사태에 들어갔다. 학교에는 휴교령이 내려지고 써브웨이와 버스 등 모든 대중교통이 중단되었다. 뉴욕 증권회사도 폐쇄되었고 유엔본부도 문을 닫았다. 일주일 후로 다가온 오바마 대통령과 롬니 후보의 연설도 취소되었다. 동네 그로서리마다 생필품을 사는 사람들로 붐볐다. 세계의 도시 뉴욕의 색다른 모습이었다.

허리케인 샌디가 뉴욕을 휩쓸고 지나갔다. 전쟁을 치른 후의 폐허 같이 황량하고 어수선했다. 뒷마당의 오래된 큰 나무가 뿌리째 뽑혀나가 마당 한가운데 쓰러져 있었고 철제담장도 곡선으로 휘어졌다. 벤치는 저만치 나뒹굴어졌고 나뭇가지가 반쯤 부러진 채로 공중에 거꾸로 매달려 있기도 했다. 차위로 쓰러져 있는 나무들이 눈에 띄었다.

무엇보다 물이 넘쳐 집안에 갇혀있는 동네 사람들을 보는 것은 안타까웠다. 큰 나무토막들은 길거리를 막았고 군데군데 끊어진 전선 줄, 교통신호등, 어느 것 하나 제대로 되어 돌아가는 것이 없었다. 다른 세상에 온 것처럼 생소한 풍경들이었다. 마치 유령촌에 들어온 것만 같아 섬찟한 느낌마저 들었다.

내 생전 이런 광경은 처음이다. 수많은 사람이 생명을 잃고 재산을 잃었다. 미리 방지하거나 피할 수도 없는, 그래서 할 수 있는 것이라고는 아무것도 없는, 거대한 힘 앞에 선 나약한 인간의 모습을 보았다.

전기가 나갔다. 사방이 갑자기 캄캄해졌다. 난방이 되지 않아 방안 온도는 40도까지 내려갔다. 가스보일러로 큰 냄비 세 개에 뜨거운 물을 한 가득씩 담아 방 한가운데 놓고 지냈다. 희미한 촛불 아래 할 수 있는 것이라고는 아무것도 없었다. 그동안 책꽂이에 꽂아두기만 했던 백석의 시집을 읽었다. 오랜만에 남편과 이야기도 나누었다. 정말 사는 것 같았다. 옷을 겹겹이 끼어 입고 담요를 두 장씩 덮고 잤다.

낮에는 반스 & 노벨 큰 서점에서 소일했다. 그곳에는 이미 전기가 들어와 있었기 때문이다. 많은 사람이 모여 앉아서 서로의 경험담을 나누고 있었다. 뒷마당에 텐트를 치고 캠프파이어를 하며 캠핑 온 것처럼 지낸다는 젊은 남자, 일주일 동안이나 샤워를 못 한 것이 제일 괴로워 더운물을 얻어다 머리 샴푸만 했다는 중년 여인, 장작을 태우며 벽난로 앞에서 로맨틱한 시간을 보냈다는 중년 부부, 오바마를 뽑느냐 아니면 롬니를 뽑느냐로 열변을 토하는 대학생들의 이야기는 시간 가는 줄 모르게 이어졌다.

"나는 나 자신을 자연에 맡겼다. 수없이 많은 봄, 여름, 가을, 겨울을 살면서 마치 그 계절을 사는 것 이외에는 다른 할 일이 없는 사람인 양 살아왔다. 아, 나는 가난과 고독으로 얼마나 풍성해질 수 있었던가."라고 헨리 데이비드 소로는 무명과 가난이 주는 행복을 이야기했다.

촛불과 함께 지냈던 열흘간은 가장 단순하고 명쾌한 나날들이었다. 가진 것이 많아서가 아니라 너무 없어 행복했던 시간들을 언제 어디서 또다시 만날 수 있을까.

폭풍이 지난 후의 가을 나무들, 눈부시게 물들고 있었다.

타이거 마더

'왜 중국 엄마들이 우월한가?'

얼마 전 월스트리트 저널에 나온 기사를 읽었다. 두 딸을 스파르타식으로 매우 엄격하게 교육시키면서 엘리트로 키워나가는 과정을 다룬 에이미 추아의 책 ≪타이거 마더≫에 대한 글이다.

중국계 이민 2세이며 예일대 법대 교수인 작가가 그 자신의 지나치게 엄격한 자녀 교육 방법을 월스트리트 저널에 소개했을 때, 많은 사람으로부터 아동학대, 인권유린, 자신의 욕구를 위해 자녀들에게 상처를 주는 가혹한 엄마라는 수만 개의 댓글이 순식간에 올라왔다고 한다. 그녀의 스파르타식 교육에 대한 비판들이 있는가 하면, 동양과 서양의 문화와 의식의 차이이므로 존중하고 이해해주어야 한다는 의견도 있었다고 한다.

이렇듯 첨예한 찬반의 여론 속에서 작가는 서양 부모들은 아이들에게 너무나 너그러워 자녀들이 실패한다고 하면서 치열하고 험난한 이 세상을 살아나가려면 남들보다 두 배로 더 노력해서 앞서가는 사람이 되어야 한다고 말한다. 그러기 위해서는 '타이거 마더식 교육법'이 필요하다고 서슴없이 주장했다.

엄격한 강압식 교육 방법이 중국에서는 당연한 일이며, 자식은 부모에게 빚지고 있으므로 부모를 위해서는 무엇이든 해야 한다고 했다. 한국 사람에게는 그리 낯설지 않은 이야기이다.

작가 에이미 추아가 아이들을 키우면서 철저히 금지한 것들이 있다. 친구 집에서 자는 것, 아이들끼리만 노는 것, 학교 연극에 참여하는 것, TV 시청과 컴퓨터 게임하는 것, 정규 수업 외의 활동을 마음대로 정해서 하는 것, A보다 낮은 점수를 받는 것, 피아노나 바이올린을 연주하지 않는 것 등이다. 공부하는 시간 이외에는 음악 과외수업을 몇 시간씩 받게 했다.

또 '게으름뱅이' '쓰레기' 같은 심한 말도 자녀들에게 주저하지 않았다. 피아노 연주가 충분하게 만족되지 않으면 완전히 연주할 때까지 물을 마시러 갈 수도 화장실에 가지도 못하게 했다. 곱셈 시험에서 2등을 하자 1등 한 아이를 앞지를 때까지 매일 밤 2,000개의 수학 문제를 풀게 했다. 연습, 연습, 또 연습, 오직 끈질긴 연습만이 잘할 수 있는 지름길이라고 믿었다.

타이거 마더의 투쟁과 열정은 타의 추종을 불허한다. 책을 읽으면서 나는 최고의 점수, 완벽한 연주를 위해 날이면 날마다 스트레스를 받으며 지내야 했던 두 딸이 애처롭다는 생각이 들었다. 마치 막다른 골목에 들어선 사나운 야수처럼 매일매일 으르렁거리며 사생결단하듯 싸우는 그녀에게 전율과 감동보다는 절망감이 먼저 들었다. 무엇이 그녀를 이렇게까지 지독하게 만들었을까.

작가는 책 서두에서 "중국인 부모들의 교육방식이 서양인 부모들의 교육방식에 비해 더 바람직한 면이 드러날 수 있다. 그러나 문화

충돌로 인한 경험이 얼마나 쓰라린지, 성공의 기쁨은 얼마나 순간에 지나가는지, 열세 살 난 아이 앞에서 겸허히 머리 숙여야만 했던 자신의 회고록"이라고 했다. 솔직하고 신랄한 자기 고백이다.

나는 문화와 언어가 다른 생소한 나라에서 아이들을 낳고 키우면서 제대로 아이들을 교육시키는 것이 얼마나 힘들고 고된 일인지를 직접 체험하고 느꼈다. 서양식 교육방식이 자녀들의 개성과 자율권을 중시하고 창의성과 독립성을 최대한 성장시키려고 노력하는 반면, 중국이나 한국은 부모가 강압적으로 이끌어 가며 개성과 창의력보다는 성적을 최우선으로 해서 일류대학을 최고의 목적으로 하고 있다고들 한다.

유럽인 부모들은 자녀들이 날아갈 수 있도록 날개를 제공해 준다. 그러나 아시안 아메리칸 부모들은 자녀들의 날개 아래에 있는 바람과 같아서 자녀들이 언제 어느 때고 날아갈 수 있도록 도와준다고 한다. "너희들을 사랑하기 때문이다."라는 명제 아래 일방적이고 독단적으로 자녀들을 교육시킨다면 아이들보다는 부모들을 더 위한 것이 아닐까.

낯선 땅에서 내 첫 아이가 태어났을 때의 그 눈물겹도록 가슴 벅찼던 순간을 떠올려본다. 초롱초롱한 아기의 눈을 들여다보는 것만으로도 외로운 이곳에서 무한정 행복했다. 세상에 바랄 것이 아무것도 없었다. 그러나 아이가 점점 성장해감에 따라 나의 욕망과 기대는 눈사람처럼 불어났다. 특별하게 뛰어나게 키우고 싶다는 자녀들에게 거는 부모들의 어리석음이 어디 나 혼자뿐이겠는가.

오랜 시간이 흐른 후, 삼십 대의 어른으로 성장한 아들과 딸에게서 듣는다. 가장 행복했던 순간은 동네 수영장에서 하루 종일 물장구치고 놀았을 때, 친구들의 생일 파티에 갔을 때라 한다. 아이들에게 필요한 것은 오케스트라의 콘서트 마스터가 되고 수학경시대회에서 우승을 하는 것이 아니라 수많은 추억을 많이 만들어 주는 것이었다.

몽테뉴는 말한다. "우리의 교육은 행복하고 현명하게 만드는 것이 아니라 머릿속에 무엇인가를 더 집어넣는 것뿐이었다. 우리에게 미덕을 추구하고 지혜를 포용하도록 가르치지 않았다. 단지 기원이나 어원 같은 것들만 각인시켰을 뿐이다."라고 지적하고 있다. 이른바 교육은 지식을 축적하는 것이 아니라 사람을 보다 인간답게 만드는 일이라고 한다.

콜로라도에서 사는 딸네를 방문했다. 이제 막 3살 된 손주 녀석이 앙증스러운 손가락으로 밤하늘에 떠 있는 보름달을 가리키며 말했다.

"함미, 저기 저 달이 있는 곳까지 나와 함께 걸어가지 않을래?"

가슴이 철렁할 정도로 호기심으로 가득 찬 그 녀석의 아름다운 커다란 눈망울과 마주쳤다. 나도 모르게 달을 향해 빌었다. 저 귀여운 녀석이 지금의 그 순수함을 그대로 간직한 채 멋진 청년으로 성장할 수 있기를….

디지털 테크놀로지

햇볕이 쏟아져 내리는 8월의 어느 날, 인파로 출렁거리는 맨해튼 거리로 나갔다. 한여름의 무더위, 8~9세쯤 되어 보이는 어린아이로부터 백발이 성성한 늙은이까지 핸드폰을 손에 들고 이야기를 하거나 핸드폰에서 눈을 떼지 않고 있다. 이스트 57가 미드타운을 지나치면서 길거리 앉아 구걸하는 홈리스 노파도 휴대폰을 만지작거리고 있다.

'인생은 전기다.'라고 얘기할 수도 있겠다. 넷플릭스, PC, 인터넷에 몰두하고 지내느라 하늘 쳐다보는 일은 아예 포기하고 지내는 우리들의 일상이 그렇다. 사이버문화는 속도와 공간, 현실과 가상의 개념을 무너뜨렸다. 클릭 한 번으로, 만날 수 없고 만질 수 없는 것들이 살아난다. 우리는 사이버 세계 안에서 간접적인 인생을 살아가고 있다. 요리를 하고 여행을 떠나고, 책을 주문하고, 선물을 사고, 음악을 듣고, 그리고 운동 경기를 보고 그밖의 헤아릴 수도 없는 수많은 일이 버튼 하나로 신속하고 빠르게 해결된다.

디지털 테크놀로지의 발전은 언제 어디서나 정보통신망에 접속하여 다양한 정보를 활용할 수 있는 획기적인 세상을 만들었다. 우리는 매일매일 TV, PC, 휴대폰, 넷플릭스, 아마존, 네비게이터와 함께 살아간다. 현실에서 일어나는 문제를 순식간에 해결해 주고 필요한 정보를 즉각적으로 얻을 수 있어 그런 것에 익숙해진 우리는 아침에 일어나서 제일 먼저 찾는 것이 스마트폰이고 잠들기 전 마지막으로 확인하는 것도 스마트폰이다. 내 생활에서 가장 중요한, 없어서는 안 될 물건은 스마트폰이 되어버렸다. 테크놀로지는 우리가 세상을 경험하는 필터가 되었다. 더 빠르고, 더 새롭고, 더 찬란한 지평선의 신기루를 향해 우리를 끈질기게 몰아간다.

노인들을 돌볼 사람들이 부족하여 로봇이 사람 대신 그 역할을 한다고 한다. 옆에서 책도 읽어 주고 외로운 노인들의 친구도 되어 준다. 로봇은 잠을 자지 않아도 되므로 하루 24시간을 지켜줄 수 있다는 유리한 점도 있다고 한다.

미래는 '로봇 도우미(Caregiver)'의 시대가 될 것이라 한다. 로봇이 지배하는 세상을 상상해 보았는가. 미래를 연구하는 학자들은 스마트폰 안에 사람의 마음을 담을 수 있는, 인간보다 지적으로 훨씬 탁월한 인공지능이 지배하는 놀라운 세상을 내다보고 있다고 한다. 디지털 바벨탑을 세우려는 인간의 욕망은 그 끝이 보이지 않는다. 이 절망과 허무의 시대를 어떻게 살 것인가?

철학 교수인 휴버트 드레이퍼스는 그의 저서 ≪모든 것은 빛난다≫에서 "이 엄청난 힘은 참으로 위험하다. 테크놀로지는 전문적 기예의 필요성을 사라지게 했으며 우리의 삶을 더 궁핍하게 만들고 있다. 예를 들어서 우리가 커피를 마실 때 기계에서 쉽게 뽑아 마시든, 커피의 향과 맛, 일회용 종이컵이든 유리컵이든, 누구와 커피를 마시든 전혀 무관하게 오로지 커피 마신다는 그 기능만을 생각한다면 커피 마시는 일은 그다지 중요한 것이 못 된다. 커피 대신 잠을 깨는 각성제나 마약을 택할 수도 있을 것이다. 이렇듯 언제나 대체 가능한 것은 그 의미와 가치를 잃게 된다. 기능만을 중시하다 보면 우리 자신에 대한 이해도 단조로워질 뿐만 아니라 사물에 대한 애착심과 존경심도 함께 사라지게 된다. 하나의 기술을 배운다는 것은 세계를 다르게 보는 법을 배운다는 것이다. 우리는 획일적이며 무의미한 삶에서 가끔은 벗어나야 한다. 기술이 우리 삶의 중심이 되었던 시대로 돌아가야 한다."라고 지적하고 있다.

캄캄한 시골길에서 별을 보고 가물거리는 촛불 아래서 책을 읽고 음악을 듣기 위해 음악감상실을 찾아다녔던 모든 것이 느리고 서툴고 불편했던 원시적이고 혼란스러운 아름다움으로 되돌아가고 싶은 때가 가끔 있다.

이제는 속도를 늦추어야 할 때이다.

우연한 발견

　요즈음 도서관에서 무슨 책을 읽어야 할까 궁리하고 시간을 보내면서 책을 뒤적이는 사람은 거의 없을 것이다. 인터넷 덕분에 정확히 원하는 책을 쉽게 찾을 수 있기 때문이다. 무척 효율적이지만 그러나 맥없이 지루하기만 하다. 내용은 전혀 모르면서 책 제목에 눈이 끌려 책을 빌린 경우가 가끔씩 일어난다. 읽다 보면 그 작가의 글을 좋아하게도 되고 모르던 작가를 우연히 알게 된다. 이런 우연한 만남은 무료한 내 일상의 삶을 환기시켜 준다.

　70년대 초, 뉴욕에 도착한 지 채 한 달도 안 되어 맨해튼 다운타운 파이낸셜 디스트릭트에서 일할 때이다. 거액의 금액을 은행 간에 서로 상환하는 일을 맡고 있었다.

　"제로제로 왕왕…"이라는 전화 속에서 들려오는 강한 일본인 엑센트는 정말 귀에 거슬렸고 알아듣기 힘들었다. 정확하게 처리해야 되는 중요한 일이어서 그를 직접 만나기로 했다. 다행히 그는 내가 일하는 건물 바로 옆 블록에서 일하고 있어서 걱정하던 일은 무사히 잘 처리되었다. 그 이후로 커피숍에서 가끔 그와 부딪치면 오랜 지기라도 만난 듯 우리는 서로 두 손을 흔들며 반가워했다. 아는 사람

하나 없는 삭막한 도시에서 그와의 우연한 만남은 사막에서 오아시스를 만난 듯 생기를 북돋우어 주는 그런 순간이었다.

어두운 상자에서 무엇을 발견하는 듯한 이민 초기의 시간은 나 혼자 헤쳐나가고 넘어지고 일어서면서 나의 삶을 풍요롭게 했고 또한 의미 있게 했다.

아무 일도 하지 않았으면 우연히 무엇을 발견하는 일도 없었으리라. 돌이켜 본다. 요사이처럼 무엇이든 척척 해결해 주는 아이폰이 있었더라면 이런 우스꽝스러운 일은 아예 일어나지도 않았을 것이다. PC가 나오기 전의 까마득한 그런 시기가 존재했다는 사실조차 잊어버린 채 살아오다 어느 날 갑자기 열풍처럼 다가오는 우연히 일어난 사건은 너무나 인간적이고 따스하다.

자그마한 콘도에서 소꿉장난하듯 살아가는 요즈음, 온라인으로 신문을 보고, 온라인으로 물건을 주문하고 모든 일이 마침표를 찍은 듯 정확하고 간편하고 깨끗하다. 그러나 왠지 모르게 허전하고 마음 시려온다.

똑같은 일들이 반복적으로 일어나는 무의미한 나날, 우연히 무엇인가를 발견할 수 있다는 것은 무척 가슴 뛰는 일일 것이다. 그러한 경험을 복제할 수 있는 소프트웨어는 아직 존재하지 않는 것일까.

테크놀로지는
우리의 독서 방법을 바꾸고 있는가

가을을 독서의 계절이라고 한다. 그런데 책 읽는 사람을 보는 일이 점점 드물다. 이런 현상은 인터넷 발달과 스마트폰의 확산이 한몫한 것 같다.

요즈음 사람들은 책이든 최신 뉴스이든 태블릿 등 디지털 방식으로 텍스트를 읽는 것에 익숙하다. 의심할 여지 없이 개인용 컴퓨터, 인터넷, 스마트폰 및 E-리더를 포함한 다양한 서비스가 우리의 읽는 방식을 바꾸어 놓은 것이다. 아마존이 온라인 도서를 출시하고, 전자책은 개인용 컴퓨터, 인터넷, 스마트폰 및 E-리더를 매체로 놀라울 정도로 급성장하였다. 전자책의 장점은 분명하다. 버튼을 클릭하면 원하는 책을 즉시 읽을 수 있다. 무게도 없고 부피도 없어 여행 중에도 여러 권을 가져갈 수 있다. 도서 구입을 위해서 일부러 서점을 찾아갈 필요도 없다. 모든 것이 신속하고 빠르다. 편리한 점이 많다.

퓨 리서치 센터(Pew Research Center)의 한 연구에 따르면 미국 성인의 65%는 작년에 인쇄된 책을 읽었다고 한다. 테크놀로지의 편리함에도 불구하고 지난 몇 년 동안 인쇄는 꾸준하게 유지되고 있으며, 심지어 증가하고 있으며 전자책 판매는 감소했다고 한다. 그 이유는 화면 앞에서 너무 많은 시간을 보내게 되면 눈의 피로와 무엇보다 전자 독서를 하는 동안에 끊임없이 제공되는 뉴스 및 상업적 광고가 클릭과 구매를 유도하여 주의를 산만하게 하는 반면에 인쇄 책은 평온함을 제공하여 독서에 집중하도록 해주기 때문이라고 한다.

미국 신경심리학자 매리언 울프는 자기 경험을 바탕으로 디지털 시대에 책 읽는 뇌가 어떻게 변했는지를 기술한 실험 결과를 발표했다. 놀랍게도 울프는 젊은 시절 자신이 열렬히 사랑했던 헤르만 헤세의 소설 ≪유리알 유희≫를 더는 읽을 수 없었다. 어려운 단어, 꼬인 문장, 느려터진 전개를 견디지 못했다. 책을 읽는 동안 울프는 책장을 빠른 속도로 앞뒤로 뒤적이면서 같은 문장을 몇 번이고 다시 읽어댔다. 어려운 책을 읽으면서도 마음을 모아 문장에 집중하는 대신 표층에 머물러서 핵심만 추리려 들었다. 아이러니하지만, 최고의 독서 과학자인 울프조차 책을 읽을수록 책이 점차 어색해지는 '독서 소외'에 빠져든 것이다. 디지털 정보 소비에 중독된 탓이리라.

어니스트 헤밍웨이는 젊은 시절을 모아놓은 그의 회고록 ≪파리는 날마다 축제(A Moveable Feast)≫에서 글 쓰는 작업에 관해서 다음과 같이 토로했다.

"글이 잘 풀리고 다음에 무슨 일이 벌어질지 알 수 있을 때, 바로 그때 글쓰기를 중단했다. 그러나 새로 시작한 글이 전혀 진척되지 않을 때면 벽난로 앞에 앉아 귤껍질을 손가락으로 눌러 짜서 그 즙을 벌건 불덩이에 떨어뜨리며 타닥타닥 튀는 파란 불꽃을 물끄러미 바라보거나 창가에서 파리의 지붕들을 내려다보며 마음속으로 '걱정하지 마, 넌 전에도 늘 잘 썼으니, 이번에도 잘 쓸 수 있을 거야. 네가 할 일은 진실한 문장을 딱 한 줄만 쓰는 거야. 네가 알고 있는 가장 진실한 문장 한 줄을 써 봐.' 그렇게 한 줄의 진실한 문장을 찾으면, 거기서부터 시작해서 계속 글을 써나갈 수 있었다."

대작가 헤밍웨이도 진실한 한 줄의 문장을 쓰기 위해서 기다리고, 멈추고, 쉬면서 다른 일은 생각하지 않고 오로지 쓰고 있는 글에만 집중했다. 작가가 무엇을 이야기하려 하고 있는지 생략되고 표현되지 않은 부분은 어떤 의미가 함축되어있는지를 알기 위해서는 침묵하고 사고하는 인내의 시간이 필요하다. 번개처럼 한순간에 탄생하는 것이 아니다. 책 읽기는 온전히 나 자신에게 집중하는 적극적인 창조의 시간이며 저자와의 만남의 시간이다. 한 페이지 한 페이지 서두르지 않고 천천히 읽어야 한다.

대단한 독서광은 아니지만 책을 소유하는 것을 좋아하는 나는 큰 집으로 이사 갔을 때 방 하나를 전부 서재로 만들었다. 바닥에서부터 천장에까지 이르는 책꽂이에는 그동안 읽었던 책과 아직 읽지 않은 책들 그리고 한국에서부터 가져온 LP 레코드, 그동안 수집한 CD로 가득 채웠다.

수십 년 된 오래된 책들을 뒤적이면 퀴퀴한 종이 냄새가 났다. 책갈피에 끼어있는 누렇게 번져있는 메모 쪽지, 도스토옙스키의 ≪죄와 벌≫, 가난한 학생 라스콜니코프가 죄의식에 시달리다가 창녀 소냐의 순수한 마음에 감동을 받아 자수하는 장면에 색연필로 밑줄을 그어놓은 것을 보면서 콧날이 시큰해져 왔다. 희귀본도 아니고 값나가는 것은 전혀 아니지만 나에게는 무척 소중한 것들이다.

테크놀로지의 눈부신 발전이 우리의 읽기 능력에 해를 끼친다는 말을 자주 듣는다. 하지만 둘 다 공존할 수 있는 방법을 찾으려는 시도는 많지 않다.

현기증 나게 빠르게 돌아가는 시대에 느리고 단순하게 사는 지혜가 필요하다.

종이책은 나를 편안하게 하고 생각하게 한다.

세상 너머에 사는 사람들

어느 가을날, 데이케어센터에 항상 일찍 도착하던 케이가 그날은 점심시간이 다 되어서야 나타났다. 그녀의 손에는 9·11사건 때 죽은 아들의 사진이 들려 있었다. 누구냐는 내 물음에 뚫어지듯 한참 사진을 들여다보더니 "내가 알고 있는 착한 청년이야."라고 대답한다. 육체가 죽기 이전에 정신이 먼저 죽은 알츠하이머 환자는 자신을 이미 알고 있던 사랑하던 남편, 아내, 아들과 딸들이 더 이상 존재하지 않는다.

그 질병은 단순한 기억상실증이 아니다. 우리의 지능과 감정을 관장하는 두뇌, 그것을 통해서 생각하고 이해하고 보고 듣고 추한 것과 아름다운 것, 즐거운 것과 불쾌한 것, 선과 악을 분별하는 뇌 기능이 서서히 무너지고 파괴되어 기억력은 물론 그 사람의 성격, 인격, 인지능력, 행동, 신체기능 등 모두를 무참하게 부숴버린다.

세 아이의 엄마, 사랑스러운 아내, 존경받는 교수로서 행복한 삶을 살던 '앨리스(줄리안 무어)'. 어느 날 자신이 희귀성 알츠하이머에 걸렸다는 사실을 알게 된다. 그녀는 막내딸에게 알츠하이머병에 걸린 기분을 설명한다.

"날이 좋을 때는 보통 사람처럼 지나칠 수 있다. 그러나 우울한 날에는 나도 나 자신을 찾을 수 없는 것 같아…. 내가 누군지, 다음에는 또 무엇을 잃을지 모르겠어."

앨리스 하울랜드는 같은 사람으로 분명히 남아있지만 더 이상 이전의 사람이 아니다. 진짜 앨리스 하울랜드는 어디에서 찾을 수 있을까. 행복했던 추억, 사랑하는 이들을 모두 잊어버릴 수 있다는 것에 두려움을 갖는다. 그러나 온전한 자신으로 남기 위해 당당히 삶과 맞서기로 마음먹는다.

알츠하이머 환자를 이전과는 전혀 다른 사람이라고 여기는 사회적 시선이야말로 환자를 더 자극시키는 것이라고 전문가들은 이야기하고 있다. 치매를 앓고 있는 사람과 공감하면서 그들이 정체성을 유지하도록 그들의 존엄성을 지켜주어야 한다고 한다.

이미 오래전에 퇴직한 전직 교사였던 애나는 학생들이 교실에서 자기를 기다린다고 하면서 데이케어센터에 오면 늘 창밖을 내다보며 누군가를 애타게 기다리고 있다. 불안한 그녀와 마주하고 그녀의 이야기를 정성스럽게 들어주었다. 초점을 잃었던 그녀의 눈동자가 잠시 반짝이는 것을 볼 수 있었다. 그녀에게 필요한 것은 진실이 아니라 위로와 안도감이었다.

줄리안 무어가 미국 알츠하이머학회 연설에서 "나는 당분간은 아직 살아 있습니다. 나는 내가 몹시 사랑하는 사람들이 있습니다. 내 삶과 함께하고 싶은 일이 있습니다. 아무것도 기억하지 못한다고 자책하지만, 여전히 순수한 행복과 기쁨의 순간이 있습니다. 나는 예전에 알고 있었던 사람과 연결을 유지하기 위해 고군분투하고 있습니다. 내가 할 수 있는 건 지금 이 순간을 열심히 사는 것뿐이니까."라고 알츠하이머 환자들의 고충을 대변했다.

데이비드 센크의 저서 ≪망각≫의 모리스 프리델은 "우리는 현재의 시간과 장소, 그리고 규칙이 더 이상 중요하지 않고 사회적 의무가 의미를 상실한 영원한 지금에 살도록 강요받는 환자들, 그들의 아픔 그 너머에서 빛나는 순수한 영혼을 볼 수 있었다."라고 했다.

세상 너머에 사는 또 하나의 다른 삶이다.

사라져가는 풍경

볕 좋은 날, 하늘 아래 빨래 널린 풍경은 참으로 아름답다. 뒷마당의 소나무 숲 사이로 걸린 빨래들이 바람에 '퍼득 퍼득' 하는 소리, 집안에까지 들려온다. 빨랫줄을 사용하던 50년대, 어머니는 비 오는 날만 제외하고는 거의 매일 빨래를 하셨다. 이른 아침부터 들려오는 빨랫방망이 소리, 두레박에 물을 길어 나르는 출렁거리는 물소리로 하루가 시작되었다.

정원이 꽤 넓었던 고향 집은 사시사철 사철나무, 소나무, 포도나무, 앵두나무, 장미 등이 가득했다. 매미가 시끄럽게 울어대는 한여름철, 햇빛 아래 누워있는 속옷, 양말, 파자마, 바지, 블라우스가 시원스럽게 팔랑이고 있는 것을 보면 가슴 후련해지곤 했다. 무거워진 빨랫줄을 지렛대로 받쳐주어도 제대로 지탱할 수 없을 때는 온 빨래가 땅바닥에 닿을 때도 있었다. 커다란 이불 홑청이 빨랫줄에 걸리면 동생들과 그 사이를 드나들며 숨바꼭질을 하기도 했다.

어머니는 겨울철에도 빨랫줄에 걸린 꽁꽁 언 빨래를 명태 패듯 두드려가며 거두어들이곤 하셨다. 그렇게 하시면서 못다 한 답답했던 마음을 푸셨던 것일까. 억척스러우셨던 그 모습이 마냥 그립기만

하다.

아버지가 바다낚시에서 낚아온 물고기들이 빨랫줄에 널려 있을 때도 있었다. 그런 날은 생선 비린내가 온 마당을 가득 채웠다. 우리 집 강아지 '워리'가 컹컹 짖어대며 껑충껑충 뛰어오르곤 했다. 지금 생각해도 웃음이 절로 나는 유년의 낭만이 아닐 수 없다.

저물녘, 대문을 밀고 들어서면 석양에 불그스레 물든 빨래가 제일 먼저 나를 반겨주었다. 어린 시절을 광채처럼 빛나게 해주었던 빨랫줄, 그것은 빨래를 너는 기구 그 이상의 것이었다. 나를 지켜주는 따스하고 아늑한 소중한 그 무엇이었다. 어쩌다 빨랫줄이 텅 비어 있는 날은 왠지 휑하니 찬바람이 일고 쓸쓸했다.

바람에 펄럭이던 빨랫줄 풍경은 잊을 수가 없다. 언제 어디서 보아도 정이 간다.

이탈리아 여행을 갔을 때였다. 서로 닿을 듯 가깝게 마주하고 있는 아파트 건물들 사이로 걸린 빨랫줄에 울긋불긋한 빨래들이 펄럭이고 있었다. 발코니에 가득 피어 있는 분홍빛과 보랏빛 팬지꽃, 창문 밖으로 머리를 내밀고 소리 지르고 웃고 떠드는 아낙네들, 어디를 가나 비슷한 평범한 일상의 풍경이 유명한 고적을 찾아갔을 때보다 더 뭉클하게 다가왔다.

하루 중에 빨래 너는 일은 기다려지는 일 중에 하나이다. 방금 세탁기에서 나온 물기 가득 머금은 빨래들을 하나하나 집어서 빨랫줄에 널면서 가난하지만 밝고 정결했던 그 옛날의 어머니를 떠올린다.

그때를 생각하면 시끄러웠던 심신이 가벼워지고 투명해진다. 햇빛을 받아 뽀송뽀송하게 마른 옷에서 나는 향긋한 냄새를 맡으며 나도 푸르게 물들어간다. 모든 것이 여유롭고 행복한 시간이다.

무엇이든 내 주위에서 사라져가는 것들은 애틋하다. 이제는 구시대의 유물로 전락해 버린 빨랫줄, 그 풍경을 그리워하는 것은 지난날에 대한 향수만은 아닐 것이다. 빨랫줄과 함께 살았던 따스한 세상을 그리워하는 것이리라. 마르셀 프루스트의 ≪잃어버린 시간을 찾아서≫에서 마들렌이 홍차에 적신 마들렌 과자의 냄새를 맡고 어린 시절을 회상하는 것처럼 빨랫줄은 내 유년의 추억을 회상케 한다.

텅 빈 뒷마당을 내다보며 봄을 기다린다.

옛집

　삼십 년 동안 살던 집을 오랜 고심 끝에 팔기로 결정했다. 복덕방에서는 하루가 멀다고 전화가 걸려오기도 하고 집으로 찾아오곤 했다. 그리고는 이삿짐을 나르던 6월의 그 날은 소나무의 새 둥지에서 로빈(울새)의 아기새가 막 알을 까고 나오고 있었다. 새하얀 새의 깃털이 꼼지락대는 것을 보며 기쁨과 슬픔이 함께 왔다. 떠나는 나에게 뒤돌아보지 말고 편하고 예쁘게 살라 한다.

　30년 전, 이사하던 그 날의 풍경이 떠오른다. 3월인데도 푸짐하게 내린 눈으로 집 앞 정원에 키 큰 소나무들은 온통 은빛으로 반짝이고 있었다. 그때 우리는 마음에 드는 집을 찾아서 수없이 돌아다녔는데도 찾지 못하다가 거의 일 년 만에 도착한 곳이 뉴욕에서 동쪽으로 40여 마일 떨어진 소나무로 우거진 숲속이었다. 새집을 짓고 있는 블록에 마지막 두 채 남아있던 그 집은 갈색 지붕을 올리는 작업이 끝나 있었다. 정원의 나무와 큰 바위를 고를 때부터 인연을 맺게 된 이 집에서 나는 끝까지 살리라 했다. 이 글을 쓰고 있는 이 순간에도 집을 팔았다는 것이 도저히 믿겨지지 않는다.

　E.B. 화이트가 수필 〈이사〉에서 "소유물은 쥐처럼 번식한다. 우

리가 이사하려고 물건들을 옮기기 전까지는 그동안 얼마나 많은 잡동사니들을 수집하며 살고 있었는지 모른다."라고 했다.

방마다 가득 쌓인 물건들을 보며 참으로 난감했다. '그동안 이렇게 많은 것들을 머리에 이고 살았구나.' 하는 생각이 들었다. 그러나 이 물건들이 모여서 나의 집이 되었다. 하나하나 찬찬히 들여다보았다. 여행길에 힘들게 사서 모은 그림들, 어머니가 만들어 준 빛바랜 커튼, 아버지로부터 물려받은 한국으로부터 갖고 온 묵화, 맨해튼까지 가서 어렵게 산 자주색 양탄자, 아이들의 어릴 적 물건들, 어느 것 하나 추억과 사연이 없는 것들이 없다. 그들은 언제 어디서나 내 곁에서 나를 응원해 주었던 나의 지기들였다.

아무렇게나 처리해 버릴 수 없다는 생각이 들었다. 큰 가구는 'Salvation Army'에 연락했다. 약속한 날짜에 트럭으로 픽업해 갔다. 화병과 화분, 그동안 쓰지 않고 간직하고만 있었던 그릇과 접시, 오래된 녹슨 전축… 등등, 집을 온전히 비우는데 수개월의 피나는 노력이 있어야 했다.

집은 사람을 닮는다고 한다. 커다란 서재를 갖고 싶어 했던 나는 두 차가 들어설 차고를 서재로 만들었다. 양쪽 벽에 천장 끝까지 닿는 책꽂이에는 학교에서 읽었던 아이들의 책, 세로로 쓰여진 중국 고서, 박경리, 조정래의 한국 소설에서부터 제임스 조이스의 ≪더블린 사람들≫에 이르기까지, 이미 읽었거나 앞으로 읽어야 할 책들로 가득 찼다. 한국에서부터 들고 온 LP 레코드, CD, 우편으로 배달되는 『Smithsonian』『National Geography』 같은 잡지들, 그 방에 들어서기만 하면 젊은 날의 꿈이 되살아나는 것만 같았다.

크리스마스나 추수감사절에는 온 식구들이 이 큰 서재에서 지내곤 했다. 어느 해는 거의 50여 명이나 되는 사람들이 모이기도 했다. 이른 아침부터 두 마리의 커다란 터키를 굽고 스터핑을 만들고 펌킨 파이를 굽느라 동동거렸던 그 순간들을 되돌아본다. 서재에 들어가면 지금도 터키 굽는 냄새가 진동할 것만 같았다.

앞으로 이 집의 모든 것을 그리워할 것 같다. 집안에 들어서면 한 마디로 무엇이라 말로 표현할 수 없는 오랜 냄새들이 내 집에 들어왔다는 느낌을 주었다. 팔각형 돔을 갖고 있는 사천 스퀘어 피트의 빅토리아 스타일의 큰 집은 사방이 온통 유리로 둘러싸여 있다. 창문을 통해 들어오는 눈부신 햇살, 빨간 새가 지저귀는 소리, 마당에서 불어오는 소나무 향내, 숨 막힐 정도로 찬란하게 물든 가을 나무들은 내가 깊은 숲속에 들어온 듯한 느낌을 주었다. 무엇보다 새파랗게 얼어 있던 겨울 새벽, 해 뜨기 전의 어둠 속을 뚫고 비치는 빛줄기는 정말 장관이었다. 그 빛을 바라보고 서 있노라면 시작하는 나의 날들이 눈부시게 빛날 것만 같았다.

집을 만드는 것은 추억과 사람이다. 그 안에 들어있는 물건이나 구조물 자체가 아니다. 그 집을 살던 사람들이 떠나고, 심지어 세상을 떠난 후에도 오래전에 그들이 살았던 체취는 그 공간에 그대로 남아 있다고 한다. 그래서일까. 옛집을 지나칠 때마다 문을 열면 금방 내가 나올 것만 같은 착각에 사로잡힌다. 가을바람이 몰고 오는 소나무 푸른 향기가 온몸에 가득하다.

이제 새 주인을 맞으면서 이 집은 새롭게 다시 채워질 것이다.

노년의 아름다움

가장 좋은 날은 아직 오지 않았으니

　나이가 드는 것, 그 험한 길은 황금 같은 젊음에서 점점 멀어지는 것으로부터 다가온다. 미국의 페미니스트 작가이자 사회운동가인 베티 프리단(Betty Friedan)은 《노년의 샘》이라는 그의 저서에서 어떻게 영원히 젊음을 유지할 수 있느냐가 아니라 우리의 문제는 젊음에 대한 환상에서 어떻게 깨어나느냐는 것이라 한다.

　나이 드는 것을 젊음의 쇠퇴로만 여기는 고정된 사고방식에서 벗어나 육십, 칠십, 팔십이라는 그 나이 자체가 주는 경험을 가치 있게 수용해야 한다고 강조한다. 그렇게 함으로써 우리는 나이 자체가 문제가 아니라 가능한 한 오랫동안 늙음을 거부하려 했던 그 우유부단한 태도가 문제라는 것을 인지하게 된다고 한다.

　물론 노화는 엄청난 손실을 주지만, 진정성과 자신감, 관점과 자기 인식도 부여한다. 만년에 이르러 지적 능력이 감퇴하는 현상은 정상적인 노화와 함께 당연히 일어나는 부산물이 아니고, 퇴행을 촉진하는 가장 큰 요소는 적절한 자극이나 동기가 없어 지적 능력을 제대로 사용하지 않은 것이 그 이유라 한다.

　오십의 나이에 대학원 공부를 시작했던 나는 늙은 학생이라는 소심함과 언어에 대한 두려움으로 강의를 듣는 매 순간들이 살얼음 위를 걷는 듯 아슬아슬했다. 그러던 중 우연히 도서관에서 만났던 얼굴에 주름살이 자글자글한 깡마른 백인 여인, 그녀는 젊었을 때 할 수 없었던 미술사에 대한 강의를 청강생으로 수강한다고 하면서 자동차가 없어서 자전거를 타고 학교에 온다고 했다. 숨을 헐떡이며 땀을 닦고 있는 그녀의 모습에서 주름살은 전혀 보이지 않았다. 화장기 없는 얼굴에 형형한 그 눈빛만이 나의 마음을 사로잡았다.

40년 동안 잊힌 채 옷장 속에 버려져 있던 첼로를 62세에 은퇴한 후 다시 연주를 시작했을 때, 마치 집으로 돌아온 것처럼 모든 열정이 홍수처럼 쏟아져 흘렀다고 말하는 브롱스 토박이인 93세 된 여인, "사람들은 너무 빨리 포기한다고 하면서 당신이 사랑했던 무언가로 되돌아가는 것을 두려워하지 말라고 한다."라는 그녀에 관한 신문 기사를 읽으면서 노년은 자신이 만들어가는 예술작품과 같다는 생각을 했다.

"나와 함께 늙어가자/ 가장 좋은 날은 아직 오지 않았으니/ 인생의 시작 또한 그 마지막을 위한 것이었으니… 젊음은 그 절반을 보여줄 뿐/ 전체를 바라보라, 그리고 두려워마라!" 로버트 브라우닝의 시는 시사하는 바가 크다.

서서히 옅어지는 가을 햇살은 사과나무에 달린 사과를 벌겋게 물들이고 있다. 노병의 텃밭처럼 조용하고 평화로운 시간, 만년은 물러나는 때가 아니라 다시 서서히 타오르는 시기이다.

가장 좋은 날은 아직 오지 않았다.

예순네 살이 되어도

〈내 나이 예순네 살이 되어도〉 라디오에서 흘러나오는 노래를 우연히 듣게 되었다. 1967년 폴 매카트니와 존 레넌이 작사했다는데 나에게는 생소한 비틀즈의 이 노래의 가사가 무척 재미있다.

"오랜 세월이 지나, 내 나이 64세가 되어 머리가 벗겨져도 그때에도 당신은 여전히 발렌타인 선물을 보내고 생일날 와인을 보내줄 건가요? 당신도 나이가 들 거예요. 당신은 화롯가에서 뜨개질을 하고 나는 정원의 잡초를 뽑아내고 더 이상 바랄 게 뭐가 있겠어요? 내 나이 64세가 되어도 당신은 나를 필요로 하고 나를 먹여주고 돌봐 줄 건가요?"라며 진지하게 묻고 있다. 사랑하는 사람과 64세의 미래를 꿈꾸었던 폴 매카트니는 자신의 꿈을 이루지 못했다.

'사랑'이라는 말처럼 흔히 듣는 말은 없을 것이다. 그러나 진정한 사랑은 보기 힘든 세상이다. 얼마 전 뉴욕타임즈의 〈현대의 사랑〉이라는 기사를 보았는데 "그는 내가 처음 만났던 그때의 그 사람이 아니다."라면서 남편에 대한 불만을 털어놓는 친구들을 종종 본다. 인간관계나 주위 환경도 시시각각 달라지는 변화를 자연스레 받아들일 수 있을 때 비로소 행복해질 수 있다는 내용이었다. 우리는 모든 것이 지금 그대로 머물러 있어 주기를 바라지만 삶은 항상 흐르고 변하는 것이 아닌가.

아직도 내 기억 속에 생생한 어느 노신사의 이야기를 소개하려고 한다.

수년 전 약국을 경영할 때 고정 손님이었던 80대 중반의 유대인 노인이 있었다. 그는 약을 지으러 올 때마다 항상 시계를 힐끗힐끗 들여다보며 급히 서두르곤 했다. 양로원에 있는 아내의 점심시간에 맞춰가야 하기 때문에 그렇다고 그는 말했다. 아침에 집을 나간 아들이 교통사고로 사망했다는 소식에 그 충격으로 정신을 잃고 치매 환자로 지내는 아내는 벌써 삼 년째나 자신이 남편인 줄도 모른다고 했다. "네가 누구인지도 모르는데 시간에 맞추어 가야만 하느냐."고 묻는 나에게 그는 빙그레 웃으며 "그녀는 내가 누구인지 모르지만 나는 그녀가 평생을 나와 함께 했던 나의 유일한 아내라는 것을 안다."라고 했다. 그의 말에 내 가슴이 먹먹해져 아무 말도 할 수 없었다.

우리는 어느 누구나 진실한 사랑에 대한 동경을 가슴속에 지니고 살아간다. 자신이 누구인지도 모른 채 살아가는 것이 가슴 아픈 일이지만 그녀는 얼마나 행복한 여자인가 싶었다. "오, 폭풍우를 만나도 흔들리지 않는 것, 그것이 사랑입니다. 운명의 끝까지 간직하는 사랑, 그것이 사실이 아니라면 나는 더 이상 쓰지 못할 것이고, 아무도 사랑할 수 없을 것입니다."라고 셰익스피어는 썼다.

낯선 곳, 낯선 문화에서 시작한 나의 결혼 생활도 곧 45주년을 맞게 된다. 어디가 어딘 줄도 모르고 허둥대며 지나온 시간들, 어느 사이 칠순을 넘어 은발이 된 남편, 30년 된 빨간 BMW 컨버터블을 타고 다니는 그를 더 이상 볼 수 없는 날이 올 것이다. 갑자기 그가 내 앞에서 영원히 사라져버리면 얼마나 그리워할까. 얼마나 후회할까 싶다. '내가 얼마나 당신을 필요로 하는지, 왜 충분히 말해 주지 않았을까?' 하고.

그동안 하지 못하고 미루어 놓았던 숱한 이야기들을 하려 한다. 기나긴 사랑의 이야기가 될 것이다.

얼마나 오래 사는가

　기하급수적으로 늘어나는 노인 인구가 새로운 과제로 등장하고 있는 요즈음, 노화를 멈추게 하는 것을 연구하는 생명공학자들이 있다.

　2009년에 오브리드 그레이(Aubrey de Gray)에 의해 노화 관련으로 일어나는 질병뿐만 아니라 인간의 노화 치료에 전념하는 비영리 조직을 설립했다. 소규모 산업단지에서 자체 연구를 수행하고 다른 과학자들의 연구에 자금을 지원하는 조직체로 기본 비전은 노화가 시간이 지남에 따라 몸이 닳는 불가피한 과정이 아니라는 것이다. 오히려 특정 생물학적 메커니즘 또는 세포의 결과라고 한다. 인공지능 분야의 컴퓨터 과학자로 일했던 드 그레이는 "사람의 몸도 세포 재생 치료를 받으면 망가진 자동차의 부속품을 수리하는 것처럼 젊음을 오래 유지할 수 있을 것"이라고 했다. 인간의 뇌가 컴퓨터와 다른 것과 마찬가지로 인체는 자동차와는 전혀 다르다. 노화는 질병이 아니라 자연스러운 과정이라고 『MIT Review』는 평했다고 한다.

　대부분 사람은 영원히 산다는 생각을 좋아하지 않는다. 2013년,

'퓨 리서치 센터'에서 미국인들에게 120세 이상 살 수 있는 기술을 사용할 의향이 있는지 물었을 때 56%가 아니라고 답했다고 한다. 응답자의 3분의 2는 급격히 길어진 수명이 천연자원에 부담을 줄 것이며 이러한 치료법은 부유층에게만 제공될 것이라고 믿었다.

"가정해 보자. 만일 칠백 년 아니 천년을 계속해서 이십 세로 살아간다면 얼마나 지루할까 싶다. 늙음이 없는 젊음이란 존재할 수 없다. 우리는 삶의 한 가운데서 죽어가고 죽음의 한 가운데서 살아간다. 삶의 여정은 모두 그 시기에 알맞은 그 무엇이 있다. 노년은 우리에게 끝없는 손실을 안겨다 준다. 손실이 있을 때마다 우리는 선택해야 한다. 상실, 분노, 비난, 증오, 우울, 억울함을 아니면 새로운 더 넓고 깊은 그 무엇을 선택할 것인가? 그것은 우리 각자의 몫이다."라고 한 헨리 나우엔 신부의 말에는 시사하는 바가 크다.

수백 년 된 나무는 오랜 세월을 거쳐오는 동안 상처받고 긁히고 비바람에 할퀸 자국 그대로 늠름하게 하늘을 향해 두 팔 벌리고 서 있다. 남에게 보이기 위한 것이 아니라 자기 자신의 모습 그대로 존재하는 소박한 삶이 경이롭고 아름답다. 자연은 이렇게 많은 암시를 주건만 우리는 그냥 지나치며 살아간다.

우리는 영원히 살지 못할 수도 있고 심지어 1000세까지도 살 수 없지만, 더 활기찬 노년을 살 수는 있을 것이다. 얼마나 오래 사는가보다 얼마나 잘 사는가에 더 마음을 써야 하리라. 멋있게 늙어가는 것은 하나의 예술이다.

미래를 사는 우리들

　"순간을 위해 살아라." "오늘을 즐겨라."는 진부한 표현을 수없이 듣는다. 사실, 인간이 아닌 다른 모든 종은 현재를 의식하지도 못한 채 현재를 산다고 한다.

　심리학자 마틴 셀리그먼과 저널리스트 존 티어니가 뉴욕타임즈 'Sunday Review'에 기고한 기사에 의하면 "다람쥐는 지식 때문이 아니라 본능으로 겨울을 준비하기 위해 견과류를 묻고, 개미는 선견지명이나 사회화 때문이 아니라 유전적 연결로 인해 공동으로 집을 짓는다. 그러나 인간의 심리는 진화적으로 과거와 미래에 살도록 고정되어 있다. 다른 종들은 생존에 도움이 되는 본능과 반사 작용을 가지고 있지만, 인간의 생존은 학습과 계획에 크게 의존한다. 그러므로 과거에 살지 않고는 배울 수 없고, 미래에 살지 않고는 계획할 수 없다. 인간의 궁극적인 목표는 미래를 내다보는 장기적인 성공에 있다."라고 했다.

　우리가 현재를 사는 것이 또 어려운 다른 이유는 우리의 지적인 인지가 자신의 존재를 부정하기 때문이라고 한다. 우리의 마음은 시간을 연속적이고 선형적인 과정으로 보고 있기에 현재 순간 이전의 모든 밀리초는 이미 과거이고 밀리초 이후의 모든 밀리초는 이미 미래이다. 그러나 연구 결과는 과거와 미래에 관한 생각을 버릴 수 있는 사람들이 일반적으로 더 행복하다는 것을 보여준다고 한다.

학부모 날의 어느 회의에서였다. 어느 부모가 "우리 아이는 IQ가 높고 학업성적도 우수해서 앞으로 Ivy League대학에 보내려고 합니다. 무슨 특별한 프로그램이 있나요?"라고 물었다. 부모들은 아이들을 위해 초등학교에서부터 대학까지의 장기간의 계획을 세우고 준비한다. 아무런 사건 없이 그 목적을 위해 매일매일 앞만 보고 달린다. 우리에게는 항상 다음 단계가 기다리고 있다.

"인생은 현재 이 순간에만 가능하다. 우리는 과거도 미래도 아닌 지금, 현재에 살고 있다. 물론 과거를 생각할 수는 있다. 하지만 이것은 현실 세계가 아니라 마음속에서만 일어나는 일이다. 과거에 살려고 하거나 미래를 걱정한다면 현재를 살고 있는 것이 아니다."라면서 당신은 현재를 놓치고 있다며 틱낫한은 순간의 중요성을 강조하고 있다.

휴대폰을 들여다보지 않고는 하루를 마무리할 수 없는 이유는 무엇일까. 뉴스도 페이스북도 없다면 우리는 괜찮을 것인가. 순간순간을 살기를 격려받으면서도 그 순간을 사는 것이 왜 그렇게 힘들기만 한 것일까. 분명히 그렇게 살도록 만들어지지 않았는데도 말이다. 고요함은 나의 자연스러운 상태가 아니다. 나 자신을 위한 일을 하면서도 불안하고 초조하다. 30분 동안 고요히 명상에 빠져드는 선사들이 부럽다.

현재에 귀를 기울이며 산다는 것은 큰 모험이며 도전이다. 이 순간 당신은 무엇을 하고 있습니까? 소파에 앉아서 TV를 보거나, 런닝머신에서 달리기를 하거나 아니면 독서를 하고 있습니까? 어쩌면 해변가에서 썬탠을 할 수도, 멀리 떠나기 위해 여행 가방을 챙길 수도, 책상 앞에 앉아 입학시험 준비를 할 수도 있습니다. 당신이 무엇을 하든, 어디에 있건, 그다음 순간이 당신의 목적이 되어야 할 것입니다. 영구적인 미래를 계획한다는 것은 한꺼번에 살아보겠다는 것과 무엇이 다르겠습니까.

"한순간이 하루를 바꾸고, 하루가 인생을 바꾸고, 그리고 한 인생이 세상을 바꿀 수 있다."라고 시인 에밀리 디킨슨은 말한다. 모든 결정은 순간적으로 이루어진다.

하루가 태어나는 새벽이다. 황금빛으로 물든 바다 위로 출렁이는 파도, 치솟아 오르고 쳐들어오고 밀려나고 머무르며 시시각각으로 변한다. 얼마나 신선하고 경이로운 광경인가! 순간을 놓치지 않고 살아갈 수 있기를 감히 계획해 본다.

오늘이라는 하루

내 콘도 바로 건너편에 얼마 전에 이사 온 60대 중반의 유대인 여성은 늘 분주하다. 아침부터 손자들을 픽업해야 하고, 그로서리 한 것을 아파트로 날라야 하고, 차를 수선하러 정비소로 가야하고, 은행으로 우체국으로 늘 바쁘게 움직인다. 바쁜 사람이 어디 그녀 한 사람뿐이겠는가.

주위에는 한가한 틈이 없는 사람들 뿐이다. 만나는 사람마다 "하는 일 없이 바쁘다. 시간이 어떻게 흘러가는지 모르겠다."라고 한다. 아무도 더 이상 '괜찮다'라고 말하는 사람은 없다. 어쩌다 여유 있는 시간이 생기게 되면 바쁘게 지낼 그 무엇을 찾아다닌다. 바빠야 정상인 것처럼 보인다. 왜 우리는 단 한 순간도 조용히 머무를 수 없을까.

기술문명의 눈부신 발전으로 편안하고 느긋하게 살 수 있음에도 불구하고 과잉 노동을 하고 과잉 생산을 하며 늘 분주하게 살아가야 하는 걸까. 우리 모두는 일에 중독된 사람 같다. 우선 무엇이라도 해야 마음이 놓인다. 심리학자들에 의하면 "사람들은 혼자 있기를 싫어하기 때문에 자신을 마주할 시간이 주어지면 미래를 많이 걱정하고 부정적인 생각에 집착하는 경향이 있다."라고 한다. 그러한 순간을 마주하기 싫어서 바쁘게 움직인다고 한다. 언젠가는 끝나게 될, 그 마지막을 마주할 용기가 없는 것이다.

지칠 줄 모르게 울어대는 매미는 봄과 가을이 오는 것도 알지 못하고 오월의 파리는 저녁을 기다리지 않는다. 삶은 모든 게 불확실하기에 더 신비스러운 것이 아닐까.

미국 작가, 애니 딜라드(Annie Dillard)는 그의 에세이집 ≪팅커 크릭 순례≫에서 야생동물을 만났을 때의 경험을 다음과 같이 이야기 하고 있다.

"해 질 무렵 나는 채석장 옆의 숲을 지나 고속도로 건너편에 있는 홀린스 연못을 거닐다 족제비를 만났다. 길이가 10인치가량 되었고 과일나무처럼 갈색의 몸을 하고 있는 족제비는 얽히고설킨 큰 야생 장미 덤불 아래에서 두 개의 검은 눈을 반짝이며 흔들림 없이 꼿꼿이 서 있었다. 우리는 서로 마주 바라보았다. 그는 나를 공격하지 않았다. 족제비는 매우 침착하고 맹렬하고 날카로운 의지로 자기에게 주어진 것에 따라 살아간다. 그러나 우리는 선택에 따라 산다. 야생동물에게서 순수함과 편견 없는 삶의 존엄성을 배웠다."

바람 쌀쌀한 봄날의 새벽이다. 조깅하기 위해 집을 나선다. 떠오르는 태양에 반사되어 노란빛, 주황빛으로 번쩍이는 빛줄기들이 금빛으로 바다를 물들이며 하루가 탄생하고 있다. 보드워크를 걸을 때마다 늘 만나는 갈매기들, 오늘은 거의 백 마리에 이르는 수많은 갈매기들이 모래사장 한곳에 둥그렇게 모여앉아 그들의 자그마한 하얀 가슴을 드러내놓고 해 뜨는 방향을 향해 석고처럼 앉아 있다.

늦게 날아 온 갈매기 한 마리, 상공을 우아하게 몇 바퀴 돌다 사뿐히 빈자리로 내려앉는다.

멀리서 바라보면 마치 뿌우연 우윳빛 색깔의 부드러운 돌멩이들이 군데군데 서 있는 것처럼 보인다. 그 수많은 갈매기가 똑같은 자세로 한곳을 오랫동안 응시하는 눈부신 광경에 가슴이 떨려온다. 시간에 개의치 않는 그들의 모습은 여유스럽고 평온하고 아름다웠다.

내일을 걱정하며 전전긍긍하며 바쁘게만 지내는 우리는 가장 중요한 오늘을 잊고 사는 것은 아닌지.

카르페 디엠, 오늘을 즐기자.

거꾸로 사는 인생, 벤자민 버튼의 삶

2008년을 며칠 남겨두고 있던 12월의 어느 날, 소리도 없이 살짝 빠져나간 수많은 시간을 다시 되돌려 살아볼 수는 없을까 하는 공상을 하다가 신문과 뉴스에서 한창 떠들썩하던 ≪The Curious Case of Benjamin Button≫이라는 영화를 보러 가기로 했다. 거꾸로 나이를 먹어가는 사람의 이야기였다.

영화의 줄거리는 20세기 초로 거슬러 올라간다. 세계 제1차 대전이 막 끝나고 온 미국이 한창 축제의 분위기에 젖어 있을 때 남부 뉴올리언스의 한 지방에서 놀랄만한 일이 발생한다. 벤자민 버튼이 출생한 것이다. 아기의 탄생이 어떻게 대단한 사건이 되겠는가. 그런데 아기의 외모가 흰머리에 긴 수염을 늘어뜨린 86세 된 노인으로, 마음은 갓난아기의 천진무구함을 가지고 태어난 것이다. 마치 난쟁이들만 사는 곳에 거인이 나타난 것처럼 그의 출생은 온 동네 사람들이 주목할만한 대사건이 아닐 수 없었다. 기적이 일어난 것이나 다름이 없었다. 왜 그러한 상황이 일어났는지 아무도 모른다.

신의 섭리라고 하기에는 너무나 가혹한 운명으로 태어난 벤자민, 그는 시간이 지남에 따라 거꾸로 나이를 먹어가는 자신을 발견하게 된다. 다른 사람들과는 전혀 다른 인생 여정이 될 것이라고 예견하면서 그는 담담하게 모든 것을 받아들인다. 평생 연인이 된 한 여인을 만나 사랑하고 헤어지는 가운데 시간은 흘러 나이가 들고 그는 점점 젊은이의 모습으로, 그리고 끝내는 어린아이가 되어 그의 생을 마치게 된다.

기괴하고 슬픈 그러나 아름다운 이야기였다.

"인생의 가장 좋은 시기는 시작할 때 오고, 가장 나쁜 시기는 끝날 때 온다는 것은 정말 슬픈 일이다."라고 한 마크 트웨인의 말에 감명을 받아 이 이 작품을 쓰게 되었다고 작가는 말한다.

재즈 에이지(Jazz Age)라고 불리우는 1920년대, 일차대전이라는 큰 전쟁과 인플루엔자의 무서운 전염병에서 살아남은 미국 사람들은 먹고 마시고 즐기고 부수는 데카당스 스타일의 삶을 살았다. 더는 인생의 어두운 면을 생각하고 싶지 않았던 시대였다.

미국의 부유함과 번영을 마음껏 구가하고 흥청거리던 시기, 작가는 그 시대를 대표하는 인물로서 아마도 자신의 삶을 고백함으로써 독자들을 깨우치려 했는지도 모른다. F. Scott Fitzgerald 의 단편소설 ≪The Curious Case of Benjamin Button≫ '거꾸로 나이를 먹으면 어떻게 되는가.'라는 중심적인 테마를 제외하고는 원작과는 많이 다르게 각색된 영화였다. 그러나 최신 컴퓨터 기술을 이용한 대단한 분장술, 전반적으로 흐르는 파스텔의 희미하고 부드러운 색조는 제3자가 주인공의 인생을 회고하는 형태로 전개되는 보는 이의 마음을 움직이는 훌륭한 예술작품이었다.

어느 누구의 이해도 받을 수 없는 수수께끼 같은 기이한 운명,

더 이상 앞이 내다보이지 않는 막다른 길에서, 어떻게 죽느냐보다 어떻게 사느냐를 보여 준, 어쩌면 축복받은 삶을 펼쳐 나간, 벤자민 버튼, 그의 삶은 시간의 흐름의 심오함과 생명의 신비스러움을 다시 생각하게 해주었다.

한 해를 보내는 12월의 마지막 날이다, 번쩍이는 타임스퀘어의 커다란 볼이 공중에서 서서히 떨어지고 있다.

노년의 아름다움

수십 년 동안 TV 저널리스트로 일했던 Lisa LaFlamme가 머리 염색을 중단한 지 얼마 되지 않아 해고당했다는 기사가 지난 토요일 뉴욕타임즈에 게재되었다. 캐나다 전역에서는 성차별, 연령차별, 백발에 대한 논쟁이 촉발되고 있다고 한다. 노년에 들어선 직업여성에 대한 부정적인 선입관이 얼마나 사회 깊이 뿌리박혀 있는지를 보여주고 있다.

나이 든 여성은 보기 흉하고 매력 없는 것일까. 많은 여성이 아름다움을 유지하기 위해 콜라젠을 맞고 필러를 넣고 주름살을 지우는 등의 간단한 수술은 거의가 다 한 번씩은 받고 있다고 한다. 그러나 무엇보다 안타까운 일은 성형수술을 수차례 받는 동안 자신의 모습을 완전히 바꾸는 사람들을 보는 일이다.

"자연과 식물 세계에서 부패의 징후를 보이는 채소, 너무 익은 과일은 버린다. 그러나 늙어가는 인간을 버림받지 않도록 지켜주는 것은 바로 우리의 자각과 의식이다."라는 다윈의 말을 떠올려본다.

페미니스트이자 사회 심리학자인 베티프리단은 ≪The Fountain Of Age≫라는 그의 저서에서 "노인에게 제일 먼저 떠오르는 느낌은 외로움, 불쌍함, 허약함, 무기력함, 의존적임, 무능함, 매력 없음…
이다. 부정적인 이미지로 가득하다. 노년에 대해 뿌리 깊게 박혀있
는 이런 고정적인 믿음을 '엘더리 미스틱(Elderly Mystique)'이라 한
다. 엘더리 미스틱은 여성 미스틱과 마찬가지로 제한된 영역과 역할
안에서 무수히 발전할 수 있는 기회와 가능성을 포기한 채, 억눌리
고 찌그러진 상태로 살아가게 된다. 고령화 현상을 무기력화 또는
퇴화 과정으로만 받아들이기 때문에 노인들의 자존심과 개성을 무
시하고 단지 동정적인 시선으로만 바라보게 된다고 비난하면서 우
리는 70대, 80대, 90대 아니 몇 살이 되든 살아있는 마지막 순간까
지도 계속 성장할 수 있다."라고 했다.

40대 초반의 어느 추운 겨울날을 생생히 기억한다. 한동안 눈이
침침해지는 것 같고 무엇이 끼인 듯 답답하여 형광등 불빛 아래서
일하느라 눈을 혹사시켜 그런 것이려니 하며 대수롭지 않게 여겼다.
증상이 나아지는 것같지 않아 안과의사를 찾았다. 몇 가지 검사 후
에 '노안'이라는 진단을 받았다. 안경을 써야 한다면서 처방전을 써
주었다. 양쪽 눈 모두 1.5의 완전한 시력을 가지고 있는 나로서는
도저히 믿어지지 않았다.

느닷없이 '노안'이라는 말에 무슨 불치병에라도 걸린 듯 눈물까지
글썽였던 나에게 인자한 할아버지 같은 유대인 의사는 "중년의 나이
에 당신처럼 눈물샘이 많고 눈빛이 초롱초롱하며 맑은 눈을 가진
사람은 보기 드물다."라고 위로해 주었다. 눈이 크고 예쁘다는 말을
자주 들었던 처녀 시절을 떠올리며 그 의사의 말을 믿기로 했다.
이 조그마한 사건은 나도 모르는 사이에 어느덧 성큼 들어선 늙음과

젊음에 집착하고 있는 나와의 사이에 일어난 충돌이다.

조백이신 시어머님을 닮아 40대부터 머리가 하얗게 센 남편은 흰머리를 고수한다. 은발을 휘날리며 자줏빛 BMW 오픈카를 타고 다니지 않는 곳이 없다. 70세에 첫 마라톤 완주를 한 그는, 정녕 늙은 젊은이임에 틀림이 없다. 나이에 구애받지 않고 자유롭게 사는 그가 내 곁에 있어, 나는 하루하루 젊게 살아간다.

나이를 먹어서 늙어가는 것이 아니라 이상을 잃어서 늙어간다고 한다. 자신에 차 있고 생기 넘치는 젊음, 그것은 나이와는 별개의 것일 것이다.

그런데 만일 우리에게 영원히 살 기회가 주어진다면 정말 행복할까. 아는 사람들이 다 떠난 후의 삶은 얼마나 허무하고 공허할까. 그리스 신화에 나오는 티토노스는 새벽의 여신인 에오스의 사랑을 받아 영원한 생명을 갖게 되었다. 그는 죽지 못하고 매일 매일 늙어가면서 몸을 가눌 수 없을 정도로 쇠약해져 힘없이 흐느끼다 마침내는 매미가 되어버렸다는 슬픈 이야기가 있다.

노년은 하나하나씩 모든 것을 잃어가면서 삶의 깊이와 풍요로움을 더해가는 시기이다. 윌리암 엘러리 채닝은 루시 에이킨에게 보내는 편지에서 "나는 한쪽 귀를 잃었지만 지금처럼 감미로운 소리를 들어 본 적이 없다."라고 했다. 부족하면서 더 부유한 사랑을 느끼는 시기, 이것은 노년이 가져다주는 선물이 아닐까.

아름다운 노년! 그것은 불가사의한 삶의 신비 앞에서 때로는 놀라고, 때로는 실망하고, 그리고 때로는 무덤덤하게 살아가면서 내 안에 길이 남을 추억을 만들어가는 것이리라.

어떤 죽음

The family will have a 'wake / shiva' at Mark's building, August 20 between 3 and 7 ish. No black. This is a celebration.

8월 초순경, Mark의 죽음을 알리는 email을 받았다.

마크는 롱비치 타운의 도서관에서 운영하는 Great Books 클럽을 이끌어가는 진행자였다. 1970년대 시작된 이 북클럽은 뉴욕주에서 가장 오래 지속되는 북클럽 중 하나이기도 하다. 2주에 한 번씩 모이는 북클럽에 3개월에 한 번씩 나타나는 나를 불평 한마디 없이 그저 오는 것만 반가워 기쁘게 맞아주곤 했던 마크, 그는 영어로 책을 읽어야 하는 나의 고충을 이해해주었다. 그런 그의 덕에 지금까지 이어올 수 있었던 것 같다.

독서클럽을 처음 방문했을 때가 떠올랐다. 도서실 복도에서 기웃거리기만 하고 선뜻 들어서지 못하는 나에게 문을 활짝 열어 주며 "어서 들어오세요. 환영합니다."라며 반가이 맞아주었던 마크, 7년 전의 그의 모습이 새삼 그립다. 카랑카랑했던 노신사의 특유의 그

목소리를 더 이상 들을 수 없다는 현실이 여간 섭섭한 게 아니다.

시바(shiva)는 유대교의 7일간의 애도 기간이다. 방문객들은 시바에 참석할 때 호스트 역할을 맡게 되며, 죽은 이가 좋아하는 음식을 가져와 애도하는 가족과 다른 손님들을 접대하는 장례 의식이다.

베이커리에서 과자를 사 들고 마크의 아파트에 도착했을 때는 이미 많은 사람이 와 있었다. 북클럽에서 온 몇몇 사람들을 제외하고는 모두가 처음 보는 사람들이었다. 다른 주에서 비행기를 타고 왔다는 옛 친구, 뉴욕 시내에서 알게 된 젊은 부부, 초등학교 때부터 알고 지낸 아들의 소꿉친구, 같은 빌딩에서 40년을 함께 산 이웃들, 모두가 한자리에 모여 고인의 지난 이야기로 시간 가는 줄 몰랐다. 북클럽에서 온 스티븐이 시를 낭송할 때는 갑자기 분위기가 조용해지며 숙연해졌다.

"아버지는 우리 가족을 위해 집 안 가구를 만들었고 무엇보다 우리 모두를 웃게 하는 법을 알고 있었다. 그는 모든 예술을 사랑했고 특히 영화 ≪싱잉 인 더 레인(Singing in the rain)≫을 좋아해서 그가 깨어난 마지막 날 밤 우리는 그 영화를 함께 보았다."라고 매사추세츠주에서 온 작은아들과 멀리 일본에서부터 온 큰아들이 번갈아 가며 아버지를 회상했다. 인생의 막이 내려지면 화려한 수상 경력, 좋은 학력, 넘치는 재물, 뛰어난 미모 등의 차이는 모두 사라지고 진부한 내용보다는 삶의 본질만 남게 된다. 재치와 위트가 넘쳐흘렀던 마크의 91세의 삶이 선명해지는 순간이었다.

죽음도 삶의 한 부분이라고 한다. 슬퍼하고 안타까워하고 억울해하면서 우는 사람은 단 한 사람도 없었다. 나도 속으로 그에게 마지막 인사를 했다.

"마크, 그동안 고마웠습니다. 당신의 칼날같이 예리한 통찰력을 기억할 것입니다. 당신에게는 배움에 대한 끝없는 열정이 있었습니다. 운이 좋게도 나는 당신의 북클럽에 들어가게 되었습니다. 편히 쉬십시오."라며 그와 조용한 작별을 했다.

슬픔과 상실은 여러 가지 방법으로 경험할 수 있다. 유대인의 전통은 부자나 가난한 사람이나 죽으면 다 똑같은 수의를 입고 묻히도록 규정되어 있다. 특히 유대교는 죽음에 대한 자연주의적 견해와 치유 과정을 가지고 있다. 매장에 대한 그들의 기본적인 태도는 창세기 3장 19절의 말씀에 따른다. '너는 흙이니 흙으로 돌아갈 것이다.' 그래서 흙으로 빨리 돌아가기 위해 이스라엘이나 일부 유대인들은 관을 사용하지 않는다고 한다. 그러므로 임종한 지 24시간 안에 장례식을 치른다.

칼 라너는 "삶이란 작은 죽음들의 연속이며 이 자그마한 죽음 하나하나는 우리 삶의 깊은 의미를 꿰뚫어 보도록 도와준다. 일생을 봉사와 사랑으로 지내 온 사람은 죽음의 순간이 다가왔을 때 죽음을 친교로 선택할 것이나 거만하고 자기중심적으로 살아왔다면 영원한 단절과 소외를 선택하게 될 것이다."라고 죽음과 삶은 별개의 것이 아니라 하나라고 한다. 마크의 마지막 가는 길은 조용하고 평화스러웠으며 자연스러웠다.

시바가 끝나고 떠나기에 앞서 작은아들은 모두에게 감사의 인사를 했다. "저희 아버지, 마크 리터를 기리기 위한 조그마한 방을 롱비치 도서관에 마련하고자 합니다. 화환이나 선물을 보내는 대신,

기금마련을 위해 조금씩이라도 기부해 주세요. 아버지의 마지막 길에 함께 해 주셔서 감사합니다."라고.

생소하기만 했던 유대인의 장례식은 나에게 독특하고 아름다운 경험을 하게 해주었다.

어머님께 드리는 송가

적막하고 쓸쓸한 그해 1월 초, 어머니를 묘지에 묻던 그 날은 눈이 펑펑 쏟아져 내렸다. 회색빛 가득 찬 하늘도 슬퍼하고 있었다. 누구나 다 죽는다는 평범하면서도 명백한 진리를 받아들이는 것이 얼마나 고통스러운 일인지 어머니의 죽음을 통해서 절절히 깨닫는다.

돌아가시기 전 며칠간, 어머니는 그렇게 행복할 수 없는 나날을 보내셨다. 3년 만에 만난 서울에서 온 아들을 위해 매일 마켓에 가셔서 장을 보아 손수 음식을 장만하셨다. 백화점에 가서 오랜만에 쇼핑도 하며 아버지가 계셨던 그때처럼 그렇게 지내셨다.

돌아가시던 그 날 남동생과 함께 점심 식사를 드시고 낮잠을 주무시다가 갑자기 가슴 통증을 호소하셨다고 한다. 앰뷸런스로 동네병원 응급실로 가신 어머니는 병원에서 6시간 만에 돌아가셨다. 단 하루만 앓다가 가게 해달라고 선종 기도를 매일 바치신 어머니, 그녀는 하루도 채우지 못하고 하늘나라로 가셨다. 하느님께서 어머니의 청을 들어주신 것이었을까.

어머니는 항상 내 곁에 계시는 분, 어머니가 안 계신 삶은 생각해 보지 못했던 우리 형제들은 제대로 울지도 못했다. 며칠간이라도

편찮다가 돌아가셨어도 이렇게 허망하고 애달프지는 않았을 텐데….

"이제 가면 언제 오나~ 어~야~ 어~어야~." 하는 상여꾼들의 구슬픈 곡소리, 죽은 사람의 혼백을 다시 부르기 위해 죽은 이의 저고리를 갖고 지붕 위로 올라가 북쪽을 향해 흔들면서 큰소리로 죽은 이의 이름을 부르는 초혼가 등 그 옛날 시골의 장례 예식이 떠올랐다. 마지막 가시는 길, 그렇게 잔치 치르듯 보내드렸으면 덜 가슴 아팠을까.

돌아가시기 1년 전의 일이다. 무슨 예감이 드셨던 걸까? 느닷없이 수의에 관한 이야기를 꺼내셨다. 내가 아는 사람들은 수의를 마련하느라 이곳저곳 알아보고 다닌다고 말씀하면서 당신을 위해서는 따로 수의를 준비하지 말라고 하셨다. 색깔이 곱고 화려한 한복을 입혀달라고 당부하셨다. 첫 외손자의 결혼식에 입으셨던 핑크빛 나는 보라색 저고리에 진한 청색 치마를 수의로 입으신 어머니는 살아 계신 듯 화사했고 편안해 보였다. 아름답게 일생을 살아온 어머니는 아름다운 죽음을 맞으셨다.

실타래에서 실이 술술 풀려나오듯 어머니에 대한 추억은 그리움이 큰 만큼 끝도 없이 이어진다. 어머니 날 드린 자수정 반지에 "너희 아버지는 그 흔한 금반지 하나 해주지 않았다. 반지를 받아보는 것은 내 평생 처음 있는 일이다."라고 남 이야기하듯 담담히 말씀하셨는데 내 마음이 찢어지는 듯 아팠다. 들고 온 내 옷가지를 수선하려고 재봉틀을 돌리면서 "손재주가 없어서 너는 편하게 산다."라고도 하셨다. 대수롭지 않았던 사소한 일들이 삶의 행복이었음을 이제

와 깨닫는다. 인생의 가장 소중한 것들은 언제나 그렇게 떠나가면서 모습을 보여주는 것일까.

보석같이 빛나는 추억이 있다. 열 명의 손주들과 증손녀에게 생일 선물로 거북이를 만들어 주신 일이다. 거북이처럼 장수하라는 뜻일 것이다. 바느질 솜씨가 남다르셨던 어머니는 빨강, 노랑, 파랑, 초록, 하얀, 분홍색의 윤기 나고 부드러운 사틴 헝겊 조각들을 이어 붙여서 2피트나 되는 세상에서 가장 눈부시고 아름다운 거북이를 만드셨다. 그러한 거북이를 어디 가서 볼 수 있겠는가. 어머니 생각이 간절해지면 우두커니 빈방을 지키고 있는 거북이를 보러 아이들 방으로 간다. 거북이를 꼭 끌어안고 어머니의 숨결을 느껴 본다.

돌아가신 후 처음 맞는 부활절, 남편과 함께 어머니 산소를 찾았다. 어머니 살아생전에 아버지 산소를 찾아왔었던 수년 전의 그 부활절 아침이 떠올랐다. 꽃과 음식을 비석 앞에 차려놓고 그날따라 유독 처연한 표정을 보이셨다. 추운 겨울을 보내고 움츠렸던 땅에서 피어난 봄의 햇살이 지난날을 불러왔던가. "너의 아버지는 참 팔자 좋은 남자였다."라시던 회한으로 가득 찼던 어머니의 음성이 아직도 귓가에 생생하다.

퍼얼펄 하염없이 눈 내리는 날이면 어머니를 맞이하러 밖으로 뛰쳐 나간다. 하늘을 향해 강아지처럼 멍멍 마구 짖어대고 싶어진다.

그리운 나의 어머니!

겨울이 끝나는 그 자리에 연한 보랏빛 크로커스가 눈부시게 솟아오르고 있다.

토마스를 떠나보내며

얼어붙었던 나목들에 봄이 움트고 있다. 늦은 봄이라고는 하나 아직도 쌀쌀하기만 한 날씨가 옷깃을 여미게 한다.

집 앞의 큰 가로수에 연푸른 나뭇잎들이 하루가 다르게 무성해지고 연일 계속적으로 내린 비로 어제까지만 해도 봉오리 졌던 뒷마당의 벚꽃들이 하룻밤 사이에 활짝 피어났다. 쓸쓸하게 텅 빈 겨울 숲이 부드러운 바람에 실려 깨어나고 있는 것이다. 소리 없이 계절이 변화되는 풍경들은 지극히 아름답기만 하다. '우리네의 삶도 그럴 수 있다면 얼마나 풍요로운 인생이 될 수 있을까.' 하는 생각을 잠시 가져 본다.

지난해 12월도 다 가는 어느 날, 토마스가 급성 심장마비로 갑자기 사망했다. 대학 졸업 후 십오 년간을 맨해튼의 어느 증권회사에서 계속 근무했던 그는 회사에서 촉망받던 사람 중의 하나였다. 경쟁이 만만치 않은 곳에서 낙오되지 않기 위해 밤늦게까지 일하곤 했던 그는 우리 약국의 고객이었다. 하루의 일과가 끝나면 롱아일랜드 기차역에서 내려 집으로 가기 전 약국부터 먼저 들렀다. 나의 남편과 함께 이야기하면서 그 날 쌓였던 스트레스를 풀곤 했다. 몇

년을 그렇게 보내면서 그는 남편과 친형제나 다름없이 가깝게 지내는 사이가 되었다.

　매일 저녁 찾아오던 그가 아무런 연락도 없이 며칠째 나타나지 않았다. 그런 후 조금 지나서 급성 심장마비로 죽어 있는 토마스를 아침에 일어나서 발견했다는 부인의 전화를 받았다. 이제나저제나 하며 문이 열릴 때마다 울리는 초인종 소리에 귀를 기울였던 남편은 정신 나간 사람처럼 오랫동안 아무 말도 하지 않았다. 예고 없이 다가오는 것이 죽음이라고 하지만 이제 갓 40을 넘긴 젊은 나이에 너무나도 어이없게 떠나버린 그를 생각하면 가슴이 미어지는 것처럼 아렸다. 삭막하고 텅 빈 겨울에 가버린 그가, 그래서 그런지 더욱 우리를 슬프게 했다.

　임파선암이 악화되어 공적인 생활을 더 할 수 없게 되었을 때 작가 가브리엘 가르시아 마르케스가 친구들에게 보내는 작별의 편지가 인터넷으로 공개되었다. 그의 편지의 내용을 간추려보면 다음과 같다.

　자신에게 만약 하느님이 한순간 인생을 나에게 한 조각 더 준다면 나는 그 시간을 최선을 다해 쓸 것이다. 잠을 덜 자고 꿈을 더 꿀 것이다. 다른 사람들이 멈춘 순간까지도 포기하지 않을 것이다. 다른 사람들이 자고 있는 순간에 일어날 것이다. 나는 더 간소하게 입을 것이며 나의 영혼을 옷자락으로 덮지 않고 햇빛 속을 뒹굴 것이다. 아마도 나는 내가 생각하는 모든 것을 말하지는 않겠지만 내가 말하는 모든 것을 생각해 볼 것이다.

갓 태어난 아기가 아버지의 엄지손가락을 잡는 순간이 아버지의 마음을 영원히 사로잡았듯이 만약 오늘이 내가 당신을 만나는 마지막 날임을 알았다면 나는 "사랑해"라고 말하리라고. 그리고 사람들에게 나이가 들어서 더 이상 사랑에 빠지지 않는다는 것이 얼마나 잘못된 생각인지 증명할 것이다. 왜냐하면 그들은 실제로 사랑에 빠지지 않는 순간부터 나이가 들기 때문이다. 인생이란 모든 것을 다시 잘해 볼 수 있는 기회를 주는 아침이 언제나 기다리고 있다.

한마디 한마디가 가슴을 후비며 파고들었다. 작가는 생의 마지막 순간이 왔을 때 사람들이 원하는 것은 평범한 것들이라 한다. 사랑하는 사람에게 '사랑한다.'는 말을 하고, 밤하늘에 반짝이는 별을 올려다보고, 들판에 핀 꽃향기를 맡고, 자기 마음껏 춤을 추는 것들이라 한다.

무한한 시간에 비하면 나에게 허락된 시간이란 얼마나 짧은가! 나는 언제 마음 벅찬 순간을 가져 보았던가. 토마스의 갑작스러운 죽음은 오랫동안 살펴보지 못했던 나를 되돌아볼 수 있게 해주었다.

사순절

'재의 수요일'의 이른 아침이다. 대서양 해변가를 따라 이마에 성당에 재를 받으러 가는 길이 마치도 천상 가는 길 같다. 단 한 사람도 볼 수 없는 막막한 바다 위로 푸른 새 한 마리 하늘을 날고 흔들리는 파도는 햇살에 눈부시게 반짝이고 있다.

사순절을 뜻하는 영어의 어원은 렌트(lent)로 '빌려주었다'라는 뜻이다. 고대 앵글로 색슨어로는 '길다'라는 뜻 'lang'에서 유래된 말과, 독일어 'Lenz'와 함께 '봄'이란 뜻을 갖는 명칭이라 한다. 인간의 진정한 봄은 어디서부터 오는 것일까.

사순(四旬)은 말 그대로 40일을 의미하며 '재의 수요일'부터 시작하여 성 목요일의 주님만찬미사 전까지의 기간이다. 원래 40이라는 숫자는 성경에서 중대한 일을 앞두고 이를 준비하는 기간을 의미한다. 모세는 십계명을 받기 전 40일간 재를 지켰고 예수님께서도 40일 동안 광야에서 단식하시며 유혹을 받으셨다. 이렇게 40이라는 숫자는 우리가 하느님을 만나는데 필요한 정화의 기간을 상징한다.

"사람아, 너는 먼지이니 먼지로 돌아갈 것을 기억하여라."

신부님의 말을 들으며 이마에 재를 받았다. 누구도 피할 수 없는 한번은 거쳐야 하는 죽음, 가지런하지 못했던 내 삶을 되돌아본다.

교회는 사순 기간에 신자들에게 희생과 극기의 표징으로 금욕과 단식을 실천하기를 권하고 있다. 그래서 사순절이 되면 "당신은 무엇을 포기했습니까?"라는 질문을 자주 듣게 된다. 사람들은 평소에 즐겨 마시던 와인이나 커피 또는 담배를 끊거나, 성경 필사를 하거나 어려운 이웃을 돕기도 한다.

"그러면 당신의 죄가 용서됩니까?" 하고 비웃는 사람도 있다. 단식은 단순히 음식을 끊는 행위, 그 이상의 것이다. 무절제한 욕망, 비난, 소음, 무분별함, 이기심, 집착 등을 비우는 가난한 삶을 이야기하고 있다.

아침 식사를 하러 동네 다이너에 들렀다. 소시지나 베이컨 대신 의식적으로 팬케익이나 오트밀을 주문하고 있는 사람들을 보면서 작은 일에 정성을 쏟는 그들이 어린아이처럼 순수해 보였다. 베트남의 승려 틱낫한은 당신이 절이 들어갔을 때 처음 배운 것은 문을 조용히 닫는 것이었다고 한다. 평범하고 대수롭지 않은 이 행동은 남을 배려하는 마음에서부터 온다. 너무나 많은 것을 생각하는 것이 우리의 문제라고 한다. 믿음은 어떤 거창한 그 무엇이 아니고 단순한 받아들임이다.

물질문명이 눈부시게 발달한 시대에 사는 우리는 소유하는 것에 최대의 가치를 두고 살아간다. "적은 것이 많은 것이다. 우리는 소유만으로 완전한 만족에 이를 수 없다."라고 생태적 회심을 촉구한 프란치스코 교황님의 말씀은 시사하는 바가 크다.

머클래씨족 인디언들은 매년 첫 곡식의 잔치인 '버스크'라는 축제를 치른다. 모든 헌 옷과 다른 지저분한 물건들과 집과 거리와 마을을 대청소하여 생긴 쓰레기들을 한 곳에 한 무더기로 쌓아놓고 불로 태워 버린다. 그리고 사흘간 단식을 한다. 나흘째 되는 날 아침, 제사장은 마른나무들을 비벼서 새로운 불을 피워 놓는다. 그런 다음 햇곡식과 햇과일로 잔치를 벌이며 춤추고 노래한다. 허물을 벗는 의식이다.

사순절은 우리를 초대하는 사랑의 축제이다. 황폐하고 가난한 2월, 앙상한 나뭇가지들 사이로 봄이 오고 있다.

나의 사진첩

　오늘 나는 내가 살아온 삶을 되돌아보며 그것을 글로 남기고 싶다고 생각해 본다. 그러나 가족의 흘러간 사진첩을 들여다보며 살아온 지난날들을 되돌아보는 것과 그것을 글로 남긴다는 것의 차이는 너무나 많은 거리가 버티고 있음을 느끼지 않을 수 없다.

　지금까지 살아온 이야기의 보따리를 푼다는 일이 생각하는 것처럼 그렇게 쉽지가 않다는 느낌이다. 일상생활의 노예가 되어 생각 없이 지내 온 긴 세월 동안 잊고 살아온 나를 찾아야 하는 고된 작업이기 때문이다. 있는 그대로의 나를 개인적인 감정과 생각에 치우치지 않고 얼마만큼 객관적으로 관찰할 수 있을지도 의문이다.

　"인간의 지성이란 잘 닦여진 면경이 아니라 의지와 감정으로 흐려진 거울이다."라고 이야기한 프란시스 베이컨의 말이 새삼스럽게 크게 다가온다. 그러나 내가 발견할 수 있고 느낄 수 있고 마음이 갈 수 있는 그만큼이 나의 한계이고 나일 수밖에 없다는 생각이 든다. 가슴 뭉클한 감동적인 드라마는 아니라 해도 누구의 삶인들 숭고하고 아름답지 않겠는가. 모든 사람의 인생은 자기 나름 대로의 색깔과 향기를 띠고 있는 것을!

내가 태어난 곳은 매우 추운 지방으로 우리나라의 가장 북쪽 끝에 인접한 함경남도 작은 마을이라고 한다. 나의 부모님은 같은 고장에서 함께 자라셨고 그곳에서 결혼하셨다. 할아버지와 할머니가 가지고 계시는 작은 사과 과수원을 꾸려가는 가난한 살림이었으나 부지런하고 생활력이 대단히 강하신 분들로 기억에 남는다.

자유분방하셨던 나의 아버님은 새로운 것에 대한 도전과 배우고 공부하는 것을 무척 좋아하셨다. 그 당시 할아버지의 도움 없이 일본으로 혼자 건너가 고학을 하셨다. 개성이 강한 반면에 당신 자신만을 생각하는 이기적인 분이기도 했다. 어머니에 대한 나의 느낌은 유달리 인내심이 강한 분으로 남아있다. 생각이 깊고 따뜻한 마음을 갖고 계신 대신 엄격하지 못하셔서 우리가 원하는 것은 다해주셔야만 편안해 하셨다. 나는 어머님에게서 속 깊은 따뜻한 마음을 물려받은 것에 감사하고 있다. 그러나 이상적이고 의욕적이며 욕심이 많은 아버님을 더욱더 많이 닮은 것 같다는 생각을 커 가면서 하게 되었다.

내 유년 시절의 희미한 기억은 6·25사변으로 잠시 부모님을 잃었던 가슴 서늘해지는 그 날로 거슬러 올라간다. 전쟁통에 부모를 잃고 길가에서 울고 있는 어린아이들, 끊이지 않고 들리는 총소리, 피 흘리고 죽어가는 사람들, 전쟁의 횡포와 무서움을 너무 이른 나이에 경험했다. 그래서 내 유년 시절은 회색빛으로 우중충했고 시대는 가난했다.

그때 만삭이셨던 어머니는 서울 한복판에 파괴되지 않고 그대로 남아있던 폐허처럼 된 교회 건물에서 다섯 남매 중에 하나밖에 없는 남동생을 나셨다. 아비규환의 와중에서 기다리던 아들을 얻고 기뻐하시던 부모님의 모습이 지금도 또렷하게 떠오른다.

아버지의 직업이 공무원인 관계로 학교를 자주 옮겨 다녀야만 했던 나는 부산과 대구, 서울로 전전하며 학교에 다녔다. '서울내기 다마내기'라는 소리를 들어가며 외톨이로 지냈다. 그때 나의 단짝이 되어 주었던 친구는 꿈 많던 그 시절을 빛나게 한 소중한 인연이었다.

대학에서 문학 공부를 하면서 희곡에 흥미를 느낀 나는 연극 구경을 많이 다녔다. 연극을 하고 싶어 했던 나에게 융통적인 사고와 열린 마음으로 나를 대해 주셨던 당시의 희곡 교수님은 아직도 내 기억의 갈피에 남아있다. 수십 년이 지난 어느 날 예일대학의 교환 교수로 오셨을 때 잠시 뉴욕에 들렀었다. 지금 돌이켜보면 불가능한 것이 없었던 젊은 시절이었다.

과학도이면서 가톨릭 신자인 남편을 만나 미국으로 이민 오게 되었다. 낯선 땅에서의 새로운 삶이 시작되었다. 제대로 낮과 밤이 바뀌기도 전에 맨해튼 다운타운의 Financial District에서 직업을 가질 수 있었다. 두렵고 그러나 벅찬 나날이었다. 한국 사람을 만나기도 힘들었던 그 당시, 이곳에서 태어난 두 아이를 키우며 직장을 다닌다는 것이 여간 어려운 일이 아니었다. 색색의 다른 인종들과 함께 울고 웃고 고민하고 어루만지며 어느 사이 나는 떳떳한 뉴요커가 되어있었다. 넓고 큰 세상을 체험했던 고통스러우면서 희망찬 날들이었다.

장성한 아이들이 집을 떠난 후 허전함을 메꾸기 위해 늦은 나이에 대학원생이 되었다. 4년의 힘든 과정을 제대로 마칠 수 있었던 것에 감사한다. 배려 깊은 남편의 힘이 컸었다. 졸업 후, 데이케어센터에서 치매 환자들을 돌보는 일을 하게 되었다. 자신이 누구인지도 모른 채 살아가는 노인들은 나에게 깊은 영성 체험을 할 수 있게 해 주었다.

가을은 육신이 죽고 정신이 살아나는 계절이라 한다. 기쁨과 슬픔이 계속해서 일어났던 수많은 순간들, 그 어느 것 하나 소중하지 않은 것이 없었다. 그것은 나를 가장 나답게 해 주었던 사랑의 경험이었음을 이제 와 깨닫는다.

연민 어린 시선으로 지난날들을 되돌아보았다.

∽

아름다운 노년!
그것은 불가사의한 삶의 신비 앞에서 때로는 놀라고,
때로는 실망하고, 그리고
때로는 무덤덤하게 살아가면서
내 안에 길이 남을
추억을 만들어가는 것이리라.

∽

chapter
5

영문 수필

Translated by

Jamie Jin | Yoon Hong Lee

∽

For one human being to love another: that is perhaps the most difficult of all our tasks; the ultimate, the last test and proof, the work for which all other work is but preparation.

—Rainer Maria Rilke

∽

Hurricane Sandy

Just before Halloween in late October, Hurricane Sandy swept through Jamaica, Cuba, and the US East Coast. It was the largest hurricane ever recorded in the North Atlantic, with a maximum wind speed of 50 meters per second and a storm diameter of up to 1,520 kilometers. When news broke that Hurricane Sandy, dubbed Frankenstorm(a combination of the words Frankenstein and storm) or Superstorm, was approaching the eastern US with devastating rains and wind gusts, the residents of New York went into a state of emergency. Schools closed, and all public transportation, including the subway and buses, stopped running. The New York Stock Exchange shut down, and the United Nations headquarters was closed. Presidential candidate speeches by Obama and Romney, which were scheduled for the following week, were also canceled. Neighborhood groceries were packed with people shopping for essentials. The cosmopolitan city of New York was unrecognizable.

I wasn't too alarmed when I first heard about Hurricane Sandy on the news. I even felt a little excited and awaited its arrival. I didn't understand Americans who overreacted every time such an incident occurred. Several hurricanes had come and gone, but none had caused damage or loss. Hurricane Sandy tore through New York with powerful winds. Everything was in ruins, desolate and disorderly, like the remnants of a battlefield. Once firmly planted in backyards, big, old trees were uprooted completely and lying in the middle of the lawn, and iron fences lay twisted and crooked. A bench had been catapulted some distance away. Some branches were broken and dangling upside down high up in the sky.

Trees had fallen onto cars at certain homes, and some residents were trapped in their houses as the streets were flooded. Large tree fragments were blocking roads, power lines had been cut, and traffic signs were broken. Nothing seemed to be in its proper place. The scene was strange and unfamiliar, as if I'd entered a different world. At night, I was frightened because it felt like I was in a ghost town. I'd never seen anything like it. Many lost their lives and possessions. In the face of this incredible disaster, which we could not prevent or avoid, I realized the precariousness of our existence.

After dinner, the power went out. Darkness surrounded us. The heating didn't work, so the temperature inside dropped to 40 degrees. We used the gas boiler to fill three large pots with hot water and placed them in the center of the room. Under feeble candlelight, there was nothing to do. I read the poems of Baek Seok for the first time in a while and had long conversations with my husband. I put on many layers of clothing and covered myself with two blankets to sleep. During the day, we passed our time at Barnes and Noble, the large bookstore. Power had returned there early, so it was packed with people.

There was a Starbucks in one corner of the bookstore. Many people gathered in the lounge of the coffee shop and shared stories about how they'd been getting through this difficult time. A young man said he'd pitched tents in his backyard and lit a campfire with his children. One middle—aged woman lamented that the worst thing for her was not being able to shower for a week and that she'd procured warm water from somewhere just to wash her hair. A middle—aged couple said they'd spent romantic nights in front of the fireplace. One male university student gave an impassioned speech about who should be the next president, Obama or Romney. Their stories were endless.

Henry David Thoreau said the following about how

obscurity and poverty can bring happiness: "I have given myself up to nature; I have lived so many springs and summers and autumns and winters as if I had nothing else to do but live them. ⋯ Ah, how I have thriven on solitude and poverty!"

Those ten days I spent by candlelight were simple and eye-opening. I was happy not because I had an abundance of things but because I had so little! Now that my life is winding down, perhaps it's time for a change. After the heavy storms had passed, the autumn trees were brilliantly colored.

Plunge

The thought of plunging into the Atlantic Ocean during the hot summer is delightfully refreshing. Now imagine the activity in February. Just the sight of the icy water is enough to raise goosebumps. The cries and shouts of "Super Cold!", "Fantastic!", "Wonderful!" made by hundreds of people jumping into the frosty ocean turns the quiet winter seaside into a scene of wild excitement even for onlookers. The brave swimmers embrace each other in excitement as the monstrous waves rise and fall around them. Sounds of laughter and animated voices can be heard as they frolic in the salty ocean, creating foamy splashes.

On the first weekend of February when the temperatures are still below freezing, crowds flock to Long Beach, an Atlantic coastal neighborhood located on the southern tip of Long Island, to participate in the Polar Bear Plunge event. The streets and parking lots fill with people from all over since early morning. On the path just over a mile long from the train station to the Atlantic Ocean is a procession of people of all shapes and sizes a young woman in a bikini and sunglasses, an elderly citizen wrapped in a towel, a young man in short trunks walking barefoot, a hippie with flowing long hair and multiple piercings, a father with his young son on his shoulders, a small child tightly hugging a blanket and scampering to keep up, and a mother—daughter duo both wearing matching polar bear t—shirts. When I witnessed this unusual parade as a newcomer to the neighborhood, I felt like Alice in Wonderland for a puzzling moment, but I also felt a refreshing breeze rise up within me.

The Long Beach Polar Bears holds the Polar Bear Plunge event every year at the beginning of February. The club was founded on Super Bowl Sunday in 1998 when two Long Beach residents Keven and Pete thought it would be fun to jump into the Atlantic Ocean before the game. Over the years, it evolved into an organization that helps children with terminal illnesses. Now, the Polar Bear Plunge has become the largest event held in the neighborhood where thousands of people gather from all over.

The town of Long Beach operates free shuttle buses from the train station to the Atlantic beach for the event. In preparation for emergencies, ambulances and lifeguards are on standby and helicopters fly low above the ocean. Cheer leading squads and dance teams made up of young students dance to the music played by a DJ. Megaphones in hand, merchants selling polar bear t-shirts, hats, and sweaters, souvenirs with images of clams and whales, and beverages entice event participants. The usually silent and still winter beach bursts with life and energy.

It looks more like a bustling summer beach scene. If I stay there long enough, I can begin to feel the urge to plunge into the ocean swell up. A young man walking back from the ocean wiping way the dripping salty water told me that he comes here every year for his uncle struggling with cancer. I admired this young person for his bravery. In contrast, I felt like a burden for struggling to even take responsibility for my own health. One middle-aged woman told me that she feels tormented the moment she immerses herself in the icy water and her blood runs cold. But, she said, the ecstatic feeling she experiences once she emerges from the water is indescribable. All her worries and stresses, troubles at work, and anxiety over rent payments dissolve in a moment and the world seems different to her. The expression on her thrilled face was as pure as a child's, as if she's discovered something marvelous.

I recall a passage from Ocean, a poem written by Hyun Jong Jeong. "The ocean remains beating, open. An audacious space, a faraway adventure. Not an ordinary escape." The notion of plunging and leaving behind all that is unnecessary—our clothes, worries, regrets, anguish, pain, formalities, and etiquette has never appealed to me as it does now. I live in a suffocating small space by the Atlantic Ocean, a condo no larger than seven hundred square feet. However, here, where thousands of people jump into the winter ocean while celebrating a festival of love with one heart, one purpose, I sense a warmth within me, and I feel free.

Nine Days in Manhattan

After much consideration, my husband decided to receive the surgery one April day. So, I left my home in Long Island and greeted the early morning at a small inn in Manhattan. We walked side by side to the hospital, Spring all around us. The once gray, thin branches were now lush with soft green. Leaves glistening in the sun swayed with the gentle breeze, scattering a fresh, earthy scent in the air. Small clusters of flowers bloomed along the street. All these transformations signaled Spring's arrival in the drab, barren city. The desire to flourish and thrive as the flowers welled within me unabashedly. I was being reborn as a result of my husband's surgery.

The day before the procedure, we met with our children in front of a small hotel downtown. My husband and our children embraced for a long time on the sidewalk while the setting sun dyed the antique brick-colored buildings with brilliant hues. It was quite a picturesque scene. The six-hour surgery ended without incident. I hadn't been very attentive to my husband as of late as I'd been so busy. I felt so proud of him and so grateful.

We stayed a week longer after that for physical therapy. My days in Manhattan were structured around my trips to and from the hospital. I spent three days shoulder to shoulder with my daughter, who'd come up from Boston, in a small hospital room just large enough for a bed. She'd left home during high school, so our time together that week remains memorable. I don't get to see my son and daughter—in—law often though we all live in New York, but they also visited the hospital daily and were a big help. My adorable three—year—old granddaughter's presence especially brightened up the solemn hospital mood. They were precious, lovely days I spent with my children.

It became a habit of mine to people—watch once I left the hospital after visiting with my husband. People rushed to the subway after work, some pitched in a coin or two to street musicians who filled the streets with the sweet sounds of their saxophones, and many ended their day's work at cozy, bustling cafés smelling of bold coffee. On those streets where people from all walks of life come and go, I recalled that time almost thirty years ago when I'd first set foot in Manhattan.

I worked in the center of the financial district, weaving through the skyscrapers I'd only heard about. My English was not as fluent back then, and I made many mistakes, but my youthful energy emboldened me. My lunch breaks were stressful because I struggled to order my sandwich at the deli. At the time, coffee was rare back in Korea. I was enchanted by so many different varieties of coffee that I drank five or six cups daily, which caused me to toss and turn often at night. Because I wore no earrings, necklaces, rings, or jewelry of any kind, some mistakenly thought I was single. Once, in a bashful episode, a handsome American banker who worked in the same building politely expressed his attraction to me. Standing on that busy Manhattan street, I was transported back to my past, a time filled with hope and audacity. There was never a dull moment as I struggled to adapt to a different language and culture.

Does the past always stir longing? In my quiet suburban life fifty miles away from the busy downtown area, I lived a mundane life where the only thing I waited for was the mailman. But, those nine days I spent in Manhattan, where random shouts and cries and explosive bursts of joy are commonplace, reminded me of my early days of immigration when I was broke but daring. When I returned home with my husband, the world shone anew.

Shakespeare on the Park

"King Lear visits the heart of Manhattan in Central Park. John Lithgow stars as the mad king." The New York Times article stirred me. It reminded me of my younger years what pleasure I had going to the theater watching great plays. Suddenly I got filled with nostalgia for those impassioned times. I was like Marcel Proust, who smelled a cookie and couldn't stop remembering. Theater provoked my young and restless years of my life in Korea. I missed going to plays.

It was a beautiful hot summer day in August. The golden sunlight was sparkling on the trees and flowers bloomed everywhere. My husband and I woke up early in our New York City apartment. We hurried to the Delacorte Theater in Central Park and joined the ticket line for the evening show of 'King Lear'. It was about 10 in the morning. There were already so many people waiting on line. Amazingly, the tickets are free but you may have to get in line at daybreak, or even earlier. People have been known to camp out at the park entrance closest to the theater, 81st & central park west, to get tickets for that day's performance. It was an enthusiastic atmosphere. I felt like I was young again.

People kept coming positioned perfectly amid the trees and the water. Looking out at the whole view was as if I was appreciating Monet's landscapes. The line was lengthening behind us continuously. We were holding each other's places when we stepped out. The vast majority of the people on the line all seemed to be young. Much later I was realized there is a separate line for seniors. The 3rd day we were on the senior line and finally were able to get tickets. Get the tickets is not easy. You have to patiently stand all the way and give the most time. Despite overcrowded New York City in the summer, the Shakespeare festival made the suffocating and sticky month worthwhile waiting for. How excited I was with these crowds.

While we were waiting on the line, we met all kinds of people. The vast majority of the people on the line all seemed to be young. The mother and daughter team who were on the first in line brought sleeping bags and had slept there overnight right outside of the park. I could feel the energy and their love of theater. The Lady in behind of us in her mid–60's, brought a folding chair and a book. She was saying that Shakespeare in the Park is her favorite things to do in the summer and she comes back every summer. The man in front of us had arrived about 8 a.m. with a lot of food, magazines, games and a picnic blanket. Shakespeare in the Park is a treasure in the summer.

The delivery man from the deli located nearby the theater walked through the line and received the breakfast order. Many of line waiters had breakfast delivered from the deli. One young lady who wear motorcycle helmet suddenly appeared having delivered breakfast for her husband who looked old enough to be her father. We all thought she was another delivery person. That scene was so unique but also very beautiful.

It started out as such a lovely evening. I look out at audiences. The mood was very festive. The Delacorte Theater is an open–air amphitheater of 1800 people sat under the stars. They were all excited, delighted to be exactly where they were, feeling lucky to be there.

King Lear, Shakespeare's famous tragic drama, began when King Lear decides to divide his kingdom between his three daughters and rejects his favorite daughter, Cordelia, when she stands silent when asked how much she loves him. I could feel how much he craves his daughter's love. As an aging parent myself, I realized sometimes how foolish hopes and dreams I have toward my children. King Lear's loneliness and sorrow penetrated me as if I have been betrayed by someone dear to me. However, the King Lear deeply regrets his poor decision and starts to lose everything including his mind.

Lear's awakening moment of compassion on the heath scene was impressive. Particularly the last scene was heartbreaking when King Lear was holding the dead body of his beloved daughter, Cordelia, crying with grief so painful he can't express it in words. That tragic moment all audiences were extremely quiet and fully immersed with him.

After painful experiences King Lear finally discovered what it means to be a King and understanding of love, truth and honesty. King Lear's greatest war was the battle he won within himself. Whatever critics says about the play, even someone doesn't know much about Shakespeare they all seem to move by the play.

Due to an outdoor performance helicopter's sound and some other noises from the street I mostly hear a sketchy grasp of King Lear but I was utmost happy being there and a sense of having done something important. Shakespeare passed away 400 years ago but his plays are still performed and have affected many people.

The Shakespeare festival was originally conceived by Joseph Papp in 1954. Papp began with a series of Shakespeare workshops and then moved on to free productions on the Lower East Side. Eventually, the plays moved to a lawn in front of Turtle Pond in Central Park. He wanted to reach audiences who might never have seen a play before and who were unable or unwilling to pay. One person's impossible dream brought us the most exciting experiences we ever imagined.

Can you imagine sitting out on a summer night in Central Park in the middle of New York City watching a Shakespeare play and the show is absolutely free? What a cheerful and energetic place to live. I felt so blessed living in New York. I was delighted, excited and seemed like my heart burst out again in a long time. It was one of the most magical nights I've ever had in the theater.

Waiting for Godot

Nothing happened in the first act of Samuel Beckett's play, Waiting for Godot. When the curtains rose, there was an empty stage and one dry, withered tree. On a desolate and lonely country road, two wanderers, Vladimir and Estragon, wait for someone named "Godot." Estragon sits on an empty field, struggling to remove his boots when Vladimir enters. The two wanderers fill their days with indecipherable actions and trivial conversations. They never leave and remain waiting for this unknown person. And just like that, the first act ends. I expected something, anything, to happen in the second act, but my hopes were struck down. The play concluded in the same way it had started. "Isn't this play too dark and pessimistic? Who would come to see this?" I muttered to myself as I exited the theater. I was in my twenties at the time. It was 1969, and I had just seen the premiere of director Young-woong Lim's rendition of the play in Korea.

I saw the play again in late December 2013 at the Cort

Theater on Broadway. This time, I sympathized a little with Vladimir and Estragon as they waited mindlessly, perhaps swayed by the glamorous Christmas tree on Broadway. It felt as if I was watching myself up on the stage. When I look back, I was a wanderer for a long time myself in this foreign country. I waited for the seasons to change, to meet someone along the open road, for my children to grow and bloom like flowers, and for our time to come. I thought everything would have been in vain if I had left before these things happened. Late that night, when I headed home on the train to Long Island, I kept picturing the old wanderers I'd seen on stage as I headed home on the train to Long Island.

I saw the play a third time four years ago, during Summer in Dublin. It was a one-act play by an acting group that performed at various bars. When I entered Duke, the bar literary giants such as James Joyce, Samuel Beckett, and Oscar Wilde frequented, the antique atmosphere transported me back to the Middle Ages. The walls of the small room on the second floor were made of red bricks. There, people from various countries, including Germany, England, Austria, France, and Slovakia, were waiting for the play to begin. After singing the Irish song, I Will Have a Pint! as they lifted their bottles high, two actors came on stage to perform a part of the second act. After the show, we all stepped outside to head to a different bar. I approached the actor who'd played the role of Vladimir and asked, "Who do you think Godot is? Could it be God?" He replied, "I don't know either. All I know is, right now, we're waiting for the light to turn green." A wise answer to a silly question.

Beckett knew something about fear, hope, and the foul stench of mayhem and loss. Born in 1906 to a middle−class family in Foxrock, Ireland, he was the second son of an affable surveyor and his critical, controlling wife. Samuel was his mother's favorite child but could not satisfy her demands, much like Lucky, who is bound to Pozzo in Waiting for Godot. He achieved his dream of running away from it all when he was twenty−two years old. When he landed in Paris, he met James Joyce and others and worked with them. Once, he was nearly stabbed to death by a pimp in Paris. And when he joined the war and worked for the resistance, he was almost arrested by the Gestapo. They say the author poured all his physical and psychological pain into Waiting for Godot.

Waiting for Godot is famous for being a play about nothingness. Both Vladimir and Estragon have no idea why they were put on this earth. Yet, they hold onto the frail assumption that their existence means something and faithfully wait for Godot to gain some understanding. Critics of the play say that because the pair harbor a longing for meaning and direction, they achieve a kind of nobility that allows them to transcend their futile existence, which has great implications.

There need not be an objective for waiting. The act of waiting itself is sufficiently hopeful.

Between the world and Me

'Between the World and Me' is a book written in the form of a letter from African—American Ta—Nehisi Coates to his teenage son.

How can we live freely with a black body?

This book, which has caused a great controversy by throwing provocative arguments toward racial issues in American society, breaks the myth of democracy that the United States has been proud of and at the same time accuses all civilizations that have pursued power in the illusion of 'race'.

His writing, which starts with 'I was a competent, smart, like able boy, but I was always terribly afraid. In my childhood, living as a black man in Baltimore meant standing naked in front of the world's rainstorms, in front of all those guns and fists and kitchen knives and robbery and rape and disease.' captured my heart from the first sentence.

'The law did not protect us. The laws of the age in which

you live now have been an excuse to stop you on the road and search you, in other words, an excuse to assault your body. this is your country; this is the world you live in. You must find a way to live through it all.'

He tells his son to stay awake and stop chasing his dreams. He tells his son to live his life as a black man. 'You're a black boy, so you have to take responsibility for your body in ways other boys can't.'

In his coldly honest confession, he hopes that his son will not be sacrificed, that he will not be pessimistic about his existence or run away with anxiety and fear, that he will be able to face reality with his eyes wide open, and that he will be able to live a passionate life away from fear.

This book contains the earnest heart of a father.

These days, when Asian hatred is gradually increasing since Covid-19, my son, a journalist, contributed an article to a newspaper titled "Why don't we fight until the end?"

Among them, only the parts that talked about personal experiences are summarized here.

"I remember a night in my early teens when I was rocked by an identity crisis. My parents, who immigrated to the United States from Korea before I was born, embraced everything American with enthusiasm.

That evening we went to Pizza Hut in the suburbs of Long Island. While waiting to be seated, it was clear that we were being ignored. We saw that those who arrived later than us immediately went to their tables. Our order also took much longer than others. A pizza with charred edges arrived at our table late. I was so baffled."

"Dad exploded. He called the manager and he screamed loudly as the restaurant was about to collapse. I suddenly felt like a stranger. We left the restaurant without even having dinner. There was a rumbling sound in my stomach. In the car on the way home, my father told me and my younger sister that if we were treated unfairly, we should not be silent, but speak up. It wasn't until many years later, when I became an adult, that I realized how brave my father's outburst that day was, something that no one else could have done. Father fought with his whole body that day. After that day, I was able to accept my differences and have an identity,"

My son had something in his heart for a long time that even I, his mother, can't remember.

'History is not in our hands. And yet, I still ask you to fight, not because struggle gives you victory, but because it guarantees you an honorable and healthy life.'

This is the most exciting part.

Although it is a gloomy anecdote that is consistently anxious and lacks a shadow of hope, I still think the story of this book is optimistic. Because the truth is sometimes like that. What lies between the world and me?

We Are a Part of Each Other

Last year, in December, I visited my son in Brooklyn for the first time in a while, almost a year and a half. This was the reality for all of us living through the pandemic. On the antique-looking street lined with brownstone buildings, colorful Christmas lights encouraged us in these dark times. Reuniting with my granddaughter after a long absence and seeing how much she had grown was both heart-warming and heart-wrenching. Time passed by so quickly, like a flowing river.

Over dinner, my son, a journalist, told me that in recent years, schools across the United States, from private schools to public high schools and Ivy League universities, have struggled to adapt to rapidly changing norms around race and privilege by diversifying their faculty, expanding their curricula, and adopting anti-racism guidelines. In particular, he seemed concerned about grandmothers and grandfathers as he expressed rage over the growing racism toward Asians.

My granddaughter told me of an experience she had at

school. She said sometimes her peers ask her, "When did you come to the US?" to which she replies, "My grandparents came to this country fifty years ago. So, I must be third generation." Her expression was one of utter disbelief as she explained she was subject to questions other white-skinned classmates who had immigrated to the US less than a year ago from Europe were never asked.

My twelfth-grade granddaughter wrote a play about anti-Asian sentiment, which came to life on stage at the Young Artists Society in New York City. My granddaughter's eyes burned with passion as she told me she would submit the play with her college applications. I was reminded of the issues faced by second-generation Korean Americans in Chang-rae Lee's novel Native Speaker, who speak English as their first language but are forced to exist as strangers. It is a story about assimilation in a multicultural and multilingual country.

A New York Times op-ed writer once wrote: "The immigration debate often centers on who should be welcomed into our country. Some even argue that multiculturalism dilutes our national character — that the very essence of the country is somehow vanishing. But far from undermining the American experiment, immigrants enhance our culture by introducing new ideas, cuisines, and art."

Toni Morrison's novel The Bluest Eye is set in the 1940s when white-centric values prevailed. The protagonist is Pecola Breedlove, an 11-year-old African American girl who believes her dark skin makes her unattractive and unworthy of love and respect. She believes her unhappiness is due to her appearance, not any external factors, and wishes she had blue eyes like Shirley Temple, a cultural icon at the time. She believes that blue eyes will bring happiness to her and her family. She prays that her eyes will turn blue and that she will be loved and beautiful like every blonde, blue-eyed child in America.

Colorism, which favors lighter skin, is so deeply embedded in the fabric of this country that we are all unknowingly infected. The saddest part is that lessons about these biases start at home. James Baldwin, one of America's greatest thinkers and writers, said: "This world is white no longer, and it will never be white again." Baldwin criticized that America's idea of racial progress was measured by how quickly he became white. He said he would not allow himself to be defined by others, white or black. If he were still alive, what would he think of the millions of people taking to the streets today to protest the death of George Floyd and continuing inequality?

Baldwin beautifully said: "…each of us, helplessly and forever, contains the other—male in female, female in male, white in black and black in white. We are a part of each other." How many years before such a world is possible?

The Crucial Moment

At the end of January, the early morning air carried by the sea breeze was terribly cold. The dazzlingly clear crimson sun rises over the vast Atlantic Ocean shining through the window. A single goose is flying low over the sea shining in vermilion, green, and purple colors as if its wings are brushing the waves.

A young man holding a camera lens to capture that ecstatic moment comes into view. Our lives are made up of these crucial moments.

Cartier Bresson, a great photographer who published a book titled 'The Decisive Moment', said that the decisive moment is the interaction of consciousness and perception that sharply penetrates a moment in life, and the momentary moment between the photographer and the subject, and at that defining moment, the camera is an extension of the eye that follows the spirit, the crystallization of inspiration and perception."

The photos are to be seen. The camera is an extension

of the eye, and the reason why one eye is closed when taking pictures is for the eye of the heart. In order to see well, you must first open your mind's eye. Our lives will not be different from this.

Raymond Carver's short story 'The Great Cathedral' tells the story of a man who is blind but can see well. The story begins when an American officer meets his wife's blind friend who comes to visit her one day.

The two men are watching TV and having a conversation. Just then, a documentary about the Middle Ages appears on TV, the screen changes, and a cathedral appears.

The camera shows here and there the cathedral in Paris, and suddenly the officer wonders if the blind man knows what the cathedral looks like.

"Do you have a feel for what the cathedral is like? So do you know what it looks like?" the officer asks the blind man. The blind man honestly replies that he has no taste for cathedrals.

Suddenly, the officer caught up in the vagueness of having to explain the cathedral begins to explain the cathedral, but the cathedral is too large and vague for the blind to understand.

The blind man asks the officer to come with a pen and paper and draw a picture of the cathedral. And the officer puts his hand on the hand of the blind man and tries to understand the cathedral by his hand and the marks on the paper. This novel talks about learning and realizing something through imagination.

Raymond Carver tells us through this story. Just because someone has eyes doesn't mean everyone can see. On the other hand, just because you don't have eyes doesn't mean you can't see either. The 'how to see' taught by the blind is to close your eyes. You really have to close your eyes.

The words of a cognitive scientist, "After penetrating the invisible wall, it is to endure and wait as if iron is tempered in fire. In other words, the purity of the eyes must be restored," are coming up to me again.

Living in a seaside neighborhood, I often walk the boardwalk facing the Atlantic Ocean. As I walk, a large whale sometimes appears against the waves. Whenever that happens, people shout and get excited.

I haven't found the whale yet, so while I'm looking around for directions, the whale has already disappeared. How frustrating not to be able to see that huge black—backed whale soaring high above the water!

The greatest thing a human being can do in this world

is to see something properly. Seeing properly is a wonderful thing, like finding a pearl in mud. In the meantime, I couldn't see it even when I opened my eyes, wasn't it just a complaint that the world is not beautiful, and that there are no beautiful people.

Could such a dazzling day come in the rest of my life, as if a blind man would one day regain his sight and see the world for the first time?

Imagine that decisive moment.

Tiger Mother

    I recently read an article titled Why Chinese Mothers Are Superior published in The Wall Street Journal. It was about the book Battle Hymn of the Tiger Mother by Amy Chua, in which she writes about raising her two daughters to be elites in society in a very strict, Spartan way. When the author, a second-generation Chinese immigrant and professor at Yale Law School, wrote in the article about her overly strict parenting methods, numerous comments indicating child abuse and human rights violations, as well as descriptions of her as a harsh mother who hurts her children for her own greed were posted very quickly.

    Some are critical of this Spartan-style education, while some argue that we should be more respectful and understanding as there's a difference in culture and awareness between the East and West. In the context of this debate, the author argues that Western parents are too lenient with their children, causing them to fail, and that to survive in this competitive and harsh world, they must work twice as hard to get ahead. To do so, she argued, they need "tiger mother style education."

In China, rigid, coercive teaching methods are the norm. Children are indebted to their parents and should do anything for them. To Koreans, this is not that unfamiliar. While raising her children, Amy Chua never allowed her daughters to do certain things: sleepovers, playdates, participate in school plays, watch TV and play computer games, choose their own extracurricular activities, get grades lower than an A, and play any instrument other than the piano or violin. Outside of study time, her children had to take hours of music tutoring. She didn't hesitate to use harsh words such as "lazy" or "garbage." If she wasn't sufficiently satisfied with her daughter's piano playing, they couldn't drink water or go to the bathroom until they got it down perfectly. When one of her daughters came in second in a multiplication exam, she made her practice two thousand math problems every night until she came in first place. She believed that practice, practice, and more practice is the only way to succeed.

The struggle and passion of a tiger mother are unparalleled. I felt sorry for the two daughters who were stressed day in and day out trying to achieve the best score, the perfect performance. Chua battled desperately each day, growling like a ferocious beast trapped at a dead end. I felt more despair than shock or sympathy toward her. What had made her this way?

In the opening of her book, she wrote that the parenting style of Chinese parents may be more desirable than that of Western parents. However, she also shared that experiencing culture clash can be a bitter experience, the happiness of success can be fleeting, and how she was humbled by a thirteen—year—old. It's an honest and poignant confession.

I know first—hand how hard it is to raise and properly educate children in an unfamiliar country with a different culture and language. Whereas Western education values individuality and autonomy and strives to foster creativity and independence in children, in China and Korea, parents are often overbearing, prioritizing grades over individuality and creativity. Entering top universities is the ultimate goal. European parents give their children wings to fly. However, Asian American parents are said to be like the wind under their children's wings, helping them to fly whenever and wherever they can. Is it possible that parents who educate their children unilaterally and dogmatically because they "love them" may be prioritizing their own desires and beliefs over their children?

I recall that overwhelming moment when my first child

was born in a new country. I was happy just to be looking into my baby's dazzling eyes. I couldn't have wished for anything else in the world. But as my child grew older, my desires and expectations ballooned like a snowball. I can't be the only parent wishfully wanting to raise special and exceptional children.

Many years later, my son and daughter, now adults in their thirties, told me what they think. They said their happiest moments weren't when they became the concertmaster for the orchestra, won first place in the math contest, or were admitted to a great university everyone dreams of attending. It was when they played all day in the neighborhood swimming pool or went to their friend's birthday parties. I didn't realize until much later that what's important is creating lots of memories for my children.

According to Montaigne, education doesn't necessarily make us happy or wise. Rather, it merely fills our heads with knowledge. Education has failed to teach us the importance of pursuing virtue and wisdom, instead focusing on subjects such as etymology and history. He argued that education's true purpose is not to amass knowledge but to cultivate humanity within individuals.

I visited my daughter, who lives in Colorado. My first grandson, who just turned three, pointed to the full moon in the night sky with her little finger and said, "Gramma, won't you walk to that moon there with me?" I looked into her big eyes filled with curiosity. My heart skipped a beat. I found myself humbled before the moon. I prayed that his sense of wonder would remain intact as he grew up to be a remarkable young man.

Dublin

The thick fog clinging to the trees and the gray looming over the city, signaling the imminent arrival of rain, told me that I had arrived in Dublin. I reread Dubliners the summer I decided to travel to Dublin, Ireland, James Joyce's hometown and the city that never drifted too far from his heart though he spent two—thirds of his life traveling from city to city in Europe.

On why James Joyce wrote his first collection of short stories, Dubliners, he said: "When you remember that Dublin has been a capital for a thousand years, that it is the "second" city of the British Empire, that it is nearly three times as big as Venice, it seems strange that no artist has given it to the world. My purpose in writing this book is not to collect a traveler's impressions, but to recreate life in one of Europe's capitals. My intention was to write a chapter in the moral history of my country, and I chose Dublin for the scene because that city seemed to me the center of paralysis."

A collection of fifteen stories set in Dublin at the turn

of the 20th century, Dubliners is a keen portrayal of the lives of people who were born, raised, and died in Dublin during a time when Ireland was filled with despondent residents unable to revive themselves under the overwhelming influence of British rule and the Roman Catholic Church, trapped in a painful and stifling reality. By critically depicting the people of Dublin, who are living paralyzed lives of resignation and stagnation while being confined to a static state caused by destitution, lack of knowledge, illusion, and selfishness due to corrupt politics and extreme poverty, he tried to move them to spiritual liberation. This work is known for its pessimism, darkness, and crude language and was not published until seven years later, in 1914, after a bitter struggle over its publication.

The streets of Dublin had just concluded the annual Ulysses "Bloomsday" celebration, so many colorful flags fluttered in the breeze, attracting the attention of international travelers. The lanky, kind-hearted taxi driver looked at me in the rearview mirror and proudly said, "Ireland is famous for many things. The dancing, the music, the drinking… But it's most well-known for James Joyce." Poetic yet realistic, ruthless yet pure, James Joyce's writing continues to live on in the hearts and minds of the Irish people eighty years after his death.

One Irish author wrote: "After my Irish mother died fifteen years ago, I was sorting through her belongings, and to my surprise, I found a 1958 paperback edition of Dubliners on her nightstand. She was a simple woman from the countryside who barely learned to read and write. Did she turn to this book when she was faced with hardships in her life? The tattered pages of the book made my heart ache. Joyce is a martyr. He was a saint for the secular literary world, not the church." James Joyce was a spiritual pillar of the Irish people.

I stopped by the Dublin Writers Museum. The lives and memorabilia of James Joyce, George Bernard Shaw, William Butler Yeats, and Oscar Wilde, shining spirits in a gloomy city, were displayed at the humble exhibit. The piano that James Joyce played as a child moved visitors. I took a picture next to a large statue of James Joyce wearing thick glasses in the bustling crowd at Temple Bar, where live folk music and DJ performances are always held.

Most people I met there carried an umbrella with them. When I told one woman I ran into on the street that I came from New York, she said she once visited a long time ago but felt everything there moved too fast. Irish people, however, she said, are slower-paced and more relaxed. She added that the Irish like to drink, probably because the weather is always gray. I saw happiness in her eyes as she explained that's why they must make the most of those brief moments when the sun shines because you never know when it will rain again. It's all about perspective! I visited the Guinness Brewery, and as I drank pint after pint of the terribly bitter but also sweet beer topped with a drop or two of blackcurrant syrup, I was immersed in the gray city. My two days in Dublin in search of James Joyce will live long in my memory and enrich me.

Barcelona

There are times when you just want to take a break from work and go somewhere. It was even more so while preparing for this trip to Spain. Maybe it's my nostalgia for Barcelona. On the flight to Barcelona, I remembered the first time I visited this place eight years ago.

Barcelona, a beautiful port city nestled on the Mediterranean coast that shone dazzlingly reflected in the blazing sunlight of midsummer, was Spain's other Europe. The vitality of Ramblas Street, where the blocks and blocks of flower stalls and fruits and jewelry, countless tourists and performances do not stop. The street, everything opened onto the blue of the sea.

All the sights gave me a sudden feeling of freedom. As if I would inhale something.

The huge and unusual Sagrada Familia(Cathedral of the Holy Family) still remain vividly in my memory. It was the summer of that year when I left with the regret that I couldn't stay any longer. So, this year, now that summer is coming to an end, I came back to Barcelona.

Barcelona, also known as "the city of Gaudi." has many types of architecture, from ancient to modern. The Gothic Quarter, which boasts a long history of 2,000 years, the city of the Romans, where the houses where the Romans lived are still standing, the 1992 Summer Olympics Stadium, and the modernity, which contains the unique richness and tolerance of Catalan in the early 19th century. All of the iconic buildings are gathered in one place. The beauty of the harmony between the ancient and the modern can be said to be the great attraction of this city.

If you choose only one architect who can symbolize this city that clearly shows the trend of architecture and its changes, it is definitely Antonio Gaudi. The image of Barcelona always follows Antonio Gaudi.

Gaudi, who transformed a declining industrial complex into a city of culture and art that many people envy today, is the pride of the local residents who have lived by observing the customs of their ancestors for a long time.

As the founder of modernism, Spain's leading architect, Antonio Gaudi, created his own style("Gaudi Ism") that mixed gothic and surrealism, and built buildings that mixed nature, animals, and tiles. Gothic buildings, popular at the time, were the most imperfect architectural style, he argued, and must return to nature in order to be perfect.

Since childhood, he could not walk properly due to rheumatism, so he practiced walking regularly. He could easily get close to nature and believed that there is no book as great as nature.

All of his original and fantastic creations are based on nature. Leaves, mushrooms, vines, olive trees, tortoises, dragons, and lizards became pillars supporting his buildings and also became ornaments.

The rural residential area of Park Güell makes you feel as if you are in a dense forest.

Sculptures of lizards made of tiles of different colors at the entrance of the park, colorful and brightly colored roofs like those in Henschel and Gretel, chairs reminiscent of the flow of water surrounding the plaza, the winding garden path lined with tree-shaped pillars is a beautiful poem that shows what he saw, heard, experienced, loved, and lost in his life through nature during his lifetime.

Barcelona, a city abandoned like ruins, has turned into an earthly paradise filled with his innocence and innocence.

Gaudi designed his buildings with parabola and round curves that he devised from nature, breaking away from the conventional geometric architectural style based on straight lines and planes.

His unique architectural style, which was not seen in the traditional architectural style of Europe, was criticized by critics at the time as being nothing more than a dreamer. However, he was able to realize his dream with the help of Guell, a close friend and businessman who understood and supported his art world.

Rarely has a good work been properly recognized in its lifetime. However, true artists do not need the approval of others.

Having only a sense of common sense, I am very envious of Gaudi who was able to have creative imagination. Because it's up to the person who can be free from everything.

Antonio Gaudi's unfinished masterpiece, Sagrada Familia (Cathedral of the Holy Family), a magnificent cathedral capable of accommodating 13,000 people, uses the shapes of animals and nature as materials. It is designed to be complex and splendid.

There are 18 towers in the cathedral, 12 of which represent the 12 disciples of Jesus, 4 of which are the evangelists, the tallest and tallest tower represents Jesus, and the remaining towers represent the Virgin Mary. Then there are three doors.

These are the Gates of Birth, the Gates of Suffering, and the Gates of Glory. Due to his sudden death, only the Gate of Birth was built, and the rest remains unfinished.

Gaudi, who spent 40 long years building the Holy Family Cathedral, lived in the cathedral for the last few years. His very small and shabby bedroom in the corner of the cathedral made me sober. He lived a poor life like a priest while remaining single all his life, and devoted all of himself to building this cathedral. He gave even his meager income to the poor.

When he was seriously injured in a car accident, because he had no ID, he was treated as a homeless street man and was taken to a city hospital for the poor and poor. However, it is said that when his identity was later revealed and the hospital officials tried to move him to a better hospital, he said he would stay, saying that I was also one of these poor people.

His lofty and noble life awakened my numb soul, who lives every day without thinking.

Isn't a life worth living not in fulfilling but in sharing? Antonio Gaudi, who did not give a part of himself, but gave it all! He was truly a man of God and the architect of the house of God. 80 years after his death, he is still alive and loved everywhere in Barcelona.

A good trip is more like leaving to come back again. The city I came to because I wanted to stay a little longer, I leave with that heart. If I come again later, I will stay until I am exhausted.

I've been to Alaska

The magnificent view of Denali National Park, the highest peak in North America at an altitude of 6,194, from the mountain village, Talkeetna, huge flowing glaciers, beautiful emerald—colored glacial lakes, and so on… ..
Endless and ever—changing green, if you go deep into the mountains, you will encounter grizzly bears, moose, and white—headed eagles. The vastness, the audacity, the wildness of Alaska, with its secret language and wildness found nowhere else, was absolutely perfect.

I took my first steps on the snowcapped 20,320—foot peak of Mount McKinley, surrounded by nearly 10,000 square miles of forest, swamps known as musket and tundra, and some of the mightiest mountains in North America. A cloud that could be grasped by hand, I felt like I was floating on top of the cloud.
The majestic mountain standing close by, how mysterious it all was. I wondered if it was like this when

God first created the world. My fantastic air tour lasting about an hour will remain as an unforgettable memory for a long time.

I arrived at Valdez, a remote Alaskan town completely different from the city's dazzling streets and exotic landscapes, a coastal city nestled on a mile of land between Chugach Mountains and Prince William Sound.

This is truly an Alaskan small town. At the pier where the sea breeze blows, photos of people taking certification shots of the fish caught by boats come into view. The sparsely standing shops, the shabby beer house with dim lights, and this simple atmosphere, completely different from the standards of the world, made me feel calm and comfortable, as if I had met someone I could trust with my heart.

Discovered by Spanish explorer Antonio Valdez in 1790, this city has a population of only 5,000, but as the most important port city in Alaska, crude oil produced in the Arctic is being sent to Valdez through pipelines.

This village was called 'Little Switzerland' because it was surrounded by high mountains piled with snow. It was not snowing, but the air drifting under the pearly June summer sky seemed to be filled with light snow. I was flying in that blue and sweet sky.

Early in the morning on a Sunday, my husband, who was running down the street in the neighborhood, found a small church on the side of the road. The priest opened the church door for us on the trip, gave communion, and blessed us.

The priest was moved, saying, "People from New York, no, from faraway Korea, have visited this cathedral today, a church that even people living next door do not visit." He said he would tell our story to the believers in the sermon at today's Mass.

'It is far more important to discover a church that no one has heard of than to be compelled to visit the Sistine Chapel.' Henry Miller's words came to my mind.

The midnight summer sky, the outside scenery I woke up in the middle of the night was shining brightly on the faded roof of the store. It was beautiful to the point of tears. It reminded me of the yard of my childhood, where the clothes, stained red by the setting sun, fluttered on the clothesline. I was returning to that warm and pure place at that time. We may already be living in paradise with all these pursuits of life. What does Alaska look like in the middle of winter? Wouldn't this little Swiss village be full of silver? I look forward to my next trip. The transparent morning sun on white wings is dazzling.

Even when I'm sixty-four

"When I'm sixty-four…" A Beatles song is playing on the radio. It was written in 1967 by Paul McCartney and John Lennon. The lyrics are quite amusing. The singer asks his lover: "When I get older losing my hair / Many years from now / Will you still be sending me a Valentine / Birthday greetings bottle of wine… You'll be older too… You can knit a sweater by the fireside / Sunday mornings go for a ride / Doing the garden, digging the weeds / Who could ask for more… Will you still need me, will you still feed me / When I'm sixty-four…" Sadly, Paul McCartney's dream of growing old with his lover never came true. "…That looks on tempests and is never shaken… Love alters not with his brief hours and weeks, but bears it out even to the edge of doom. If this be error and upon me proved, I never writ, nor no man ever loved…" How Shakespeare's words move us.

We all yearn for true love. I came across the following story while working at a nursing home. A woman never saw her son again after he died in a car accident. Three years into suffering from dementia following the shock, the woman no longer recognizes her husband. Yet, the husband visits his wife every day without fail to have lunch with her. I asked him, why do you come every day when she doesn't even know you? The elderly Jewish man in his 80s smiled as he said: "she may not know me, but I know that she is my only wife, the person who spent her entire life with me." His reply touched my heart. I had nothing more to say. Though it's heartbreaking that the woman doesn't even know herself, she must be the happiest woman in the world.

I look out into the garden. The leaves are now red and gold from receiving the fall sunlight. I see my husband, now a gray-haired man. Where did all the years go? Our busy lives have passed by in a hurry, and we never had the time to converse with each other earnestly or the luxury to simply look into each other's eyes. "We may live a thousand years, but there will always be a farewell." The words of a writer hit me like a dagger in the heart. In the garden scattered with autumn leaves, my husband is polishing the beloved old purple BMW. For thirty years he drove it everywhere with such pride, the wind blowing through his hair. I pictured the day he would have to retire her for good and a worrisome thought entered my mind. There will come a time when I will no longer be able to see him. I would be filled with so much regret, wondering why I never fully told him how much I love him.

The Liberation of Growing Old

My vision has been getting blurry these days. I checked with my eye doctor, and he told me that my eyesight would get would get dim as time went by. His recommendation was to wear eyeglasses. It made me sad. "Don't worry. This is the part of the ageing process, but you have most beautiful eyes at your age," he tried to comfort me. Frankly, it had not crossed my mind until then that I was getting older, even though I never thought I would be immortal. I had an overwhelming pressure to make a living, maintain my career, and raise my children. I was preoccupied with my busy schedule. Aging befell me all of sudden. It was a cold December day. This unexpected news froze not only my body but also my mind.

In ancient time, people notoriously mistreated their elderly parents, who were unable to work and still needed care. While that has changed dramatically, older people are still viewed negatively by society. Older people were truly helpless, dependent, sick, isolated, senile, and depressed. Older people are often thought of as burden and problem. It is an ugly picture.

People are used to describe the older population with the words such as "senile, frail, institutionalized, homebound, vulnerable, dependent, and bedridden elderly" have even more undesirable implications. I was very unhappy to hear those demeaning words. The most elderly

people believe what they hear and read and then make them to believe in themselves as individuals. I have witnessed myself while I was working in a nursing home.

One day I went out with my daughter to the department store. I asked questions about certain merchandise to the sales clerk and he answered to my daughter instead of to me. How humiliated I felt! Older people usually do not seem to be present especially where younger people are around. Why do we have such punitive attitudes toward old people?

According to New York Times article, when a large sample of Face book groups, 20−29−year−olds was examined by a team based at the Yale School of Public Health, the result showed three−quarters of the them were found to deprecate old people. As much as a third of them advocated banning old people from public activities like shopping. It tells us that age is our defining characteristic, so we will become nothing but old. Ageing is not a disease. It is condition upon which we have been given life.

Betty Friedan, in her book 'the Fountain of Age' argued that seeing age only as decline from youth, makes age itself the problem. Age alone cannot define who we really are. We can be defined by what we have become. Older people are thrilled to hear that they look younger than their age. They dress like adolescents. They remove their wrinkles with plastic surgery. They want to stay young as long as they can. How long, and how well, can we really live by trying to pass the aging trap? We ultimately create a stereotype of helpless elderly. Why are we not looking at age as a new, evolving stage of human life? Friedan stresses that it is our drive for continued involvement in life that is denied by the problem of age mystique.

After my two children left for college, I wondered if life had purpose to make me happy again. I have had times of struggles, emptiness, and longings. For myself, I do fear being a sick, helpless old person. At age fifty, I registered to continue study by a neighboring university. After three and half years I got a master's degree in gerontology. As soon as I graduated, I had a chance to work at an assisted living facility. While I was working there, I experienced the elderly's vulnerabilities and agonies and have more compassion toward older people.

When I really accepted the fact that life was really; limited, everything within its boundaries became more meaningful and precious for me. Therefore, I tried to focus on living as meaningfully as possible. After we retired, my husband and I were able to savor life. Now we work in the garden to plant trees, open a vegetable plot, and build a birdhouse. When fall begins, we sweep the fallen leaves on the lawn, trim the trees, and contemplate the beautiful autumn. In the evening we read books and go to movies and watch game shows. We travel to meet all kinds of different people. We talk about our children and grandchildren and thanks God for them. What a wonderfully relaxing feeling it is to live every single day. I don't have any of the stressful days in my younger life.

It is not sad at all to grow old when looking carefully at how the seasons changes, with spring, summer, autumn and winter rotating naturally and beautifully. It is not about aging it is about living. "Grow old along with me! The best is yet to be…. Robert Browning's beautiful poem invites us how to challenge and eagerly greet the future. He acknowledges that youth lacks insight into life but being old is where the best of life is realized.

Now it is early spring. I was looking through my bedroom window, blue sky, bright sunshine, and purple flowers of rhododendrons. They appeared to be as amazingly beautiful, as if I have never seen them before. Will Miranda's new world in Shakespeare's play look like this? My physical eyesight is getting blurred as I get older, but I can see better through my mind's eye.

Aging can be a gift!

Ode to My Mother

My mother left this earth in early January when the skies turn gray and quiet just before the snow falls. Her death made me realize how painful it is to accept the plain and obvious truth that everyone dies. In the days leading up to her passing, my mother was as happy as ever. She went to the market every day to buy groceries and prepare food for her son visiting from Seoul, whom she hadn't seen in three years. She went to the department store and shopped for the first time in a while, just like she used to when my father was alive. The day she died, she had lunch with my younger brother and was taking a nap afterward when she complained of chest pain. My mother was rushed to the emergency room at the local hospital by ambulance and passed away six hours after her arrival.

My mother had prayed every day that she go after only one day of illness. As if God had heard her prayers, she passed away less than a day after falling sick. They say God takes beautiful souls away quickly. She'd always been with us. We'd never imagined life without her. We didn't know what it was to cry until after she was gone. Had she died after just several more days of illness, it all wouldn't have felt so hopeless and heartrending. Memento mori. Death is always near us.

A year before she died, she mentioned her burial clothes out of the blue. Did she know? She said people around her were busy going around looking for burial clothes and instructed us not to prepare any for her. She asked to be dressed in a colorful, ornate hanbok. When she died, my mother was dressed in a purple jeogori* with pink tones and a dark blue skirt she'd worn to her first grandson's wedding. She looked as radiant and peaceful as she did when she was alive. My mother had lived a beautiful life and died a beautiful death.

My memories of my mother are endless, like thread unraveling from a skein of yarn. She looked at the amethyst ring she'd received on Mother's Day and said, "Your father never even gave me a common gold ring. This is the first time in my life that I've ever received a ring." After recounting something heartbreaking she'd been through, she grabbed an armful of sewing material and said to me, "You're not good with your hands, and that's why you're living a

---

* An upper garment of the hanbok, a traditional Korean garment.

comfortable life." My mother praised not only me but also my husband and, even more so, her grandchildren. I realized that the little things I used to take for granted had brought me happiness in my life. Do the most precious things in life only show themselves when they're gone?

There's one particularly wonderful memory I will never forget. My mother once made turtles as birthday gifts for her ten grandchildren and great-granddaughter in the hopes that they might live long like one. My mother was exceptionally good with needlework. She created the most dazzling and beautiful giant two-foot turtle by stitching together shiny, soft pieces of cloth in red, yellow, blue, green, white, and pink. Where else would one see a turtle like this? When I miss her, I gaze at the turtle guarding my son's empty room. I hug the turtle tight and imagine my mother's presence.

The day we buried my mother at the cemetery, it snowed heavily. I imagined the mournful cries of pallbearers in the Korean countryside as they cry out, "When will you come back? Oh… oh…" and the sight of people carrying the dead's jeogori up to the roof and waving it towards the north and calling out the deceased's name to call forth their spirit. I wish I could have sent my mother off with such festivities on her last day on earth.

On Easter day, my husband and I visited my mother's grave. I recalled that Easter morning all those years ago when I visited my father's grave with her. My mother laid flowers and food before his headstone, looking unusually somber that day. Did the spring sun, emerging after a cold winter and bringing forth new buds from the earth, remind her of her past? Suddenly, she said, "Your father was a lucky man." I can still hear my mother's voice, full of regret.

On snowy days, I rush outside to greet my mother. I feel the urge to howl at the sky like a puppy. Oh, how I miss her! After the winter passes, light purple crocuses burst forth and dazzle me.

Kindness

It was a Sunday morning in November. When I arrived in the church parking lot, it began to drizzle. It was almost time for mass, so I rushed out of the car without my umbrella. Morning mass had just ended for the American parish members, and many quickly headed towards the parking lot, covering their heads with their hands. But one middle-aged man walked in the opposite direction, right towards me. He approached me and smiled as he held an umbrella over my head. He walked me to the cathedral entrance and said, "Happy Sunday," before leaving. I was surprised and moved by his simple but brave gesture of kindness. It made me want to speak kindly to someone and break into song.

In the comedy film Win Win (2011), the main character, Mike, is a lawyer with a practice that's about to go out of business. One day, he ends up defending a wealthy older man with no one to look after him. Coveting the stipend for caring for the man, Mike persuades the court to appoint him as his guardian. Under this arrangement, the court orders him to look after the older man at his residence. However, Mike sends him to a nursing home. Sometime later, the older man's grandson Kyle visits and Mike invites him to stay at his house because his grandfather is at the nursing home. He soon learns that Kyle is a talented athlete. Mike takes him under his wing, hopeful that Kyle might be what turns his life around.

But later on, Kyle's mother comes looking for him, and Mike's lies are exposed. Eventually, Mike ends up confessing everything to Kyle. Kyle says he'd be willing to live with him if Mike allows him to continue wrestling. In the end, they end up as a family, and both characters achieve happiness. We follow Mike's journey as the hopeless head of a family under constant stress over money, even resorting to making up illnesses along the way, to someone who finds his purpose again through a young person. The story warms our hearts.

In his book Humankind, the Dutch journalist and thinker Rutger Bregman encourages us to think in terms of win—win scenarios. Unfortunately, many companies, schools, and other institutions are organized around the myth that it is our nature to compete with one another. But, he states that the best transactions are the ones in which everyone wins.

Small acts of kindness can make someone's day or

change a life. The news is full of stories of murder, kidnapping, and war. It can feel like the world is only filled with awful people. But if we look closely at the people around us, we see those with warmth in their eyes, bright smiles, and considerate words who brighten their surroundings. Good deeds have a ripple effect that spreads like the waves encircling a stone tossed into a river. Watching them makes me want to do the same.

Co-founder of the altruism movement and researcher at the Global Priorities Institute, Oxford University, Will MacAskill, points out that we should help others as much as we can with our time and money, with particular emphasis on how to act in situations of moral uncertainty. The point of view that "everything is terrible" is unhelpful. He says we should instead ask ourselves, "What can we do?"

Greater kindness is a powerful force that can change people. Despite the grey and gloom and the endless rain that day, I felt like I was standing beneath a sunny sky. What could be more noble and beautiful than human kindness?

Compassion

"No man is an island entire of itself; every man is a piece of the continent, a part of the main; if a clod be washed away by the sea, Europe is the less, as well as if a promontory were, as well as any manner of thy friends or of thine own were; any man's death diminishes me, because I am involved in mankind. And therefore, never send to know for whom the bell tolls; it tolls for thee."

This poem, "For whom the bell tolls," is a John Donne poem.

In England in the 17th century, where John Dunn, an Anglican priest, lived, many people died due to plague. In a town in London where he lives, it is said that whenever a person dies, the church bell is rung.

Every time the bell rang, the nobles ordered their servants to find out who had died, and after hearing the report, they decided whether to attend or not. Then one day John Donne fell ill with the plague and he heard the bell ringing from his bedside. He realized that the bell was for himself. At that time, he wrote the poem that touched everyone's heartstrings.

He is said to have yelled at arrogant aristocrats who only know themselves, "The bell rings for you."

This situation we are experiencing as a pandemic is no different from the time John Dunn lived. Life ends while foolishly looking around, "For whom does the bell toll?"

Covid-19 brought us fear and anxiety, but that fear gave us the opportunity to help each other and live. Our interconnectedness is part of the meaning of life. You have to get away from the vain delusion that you can control and get through everything.

It happened when I went out to Manhattan on a hot summer day many years ago. In a busy midtown where countless people bump into each other while walking, there was an old beggar sitting on the street, waving an empty can, begging, wiping the sweat from his brow with his stretched sleeve.

Almost no one paid attention to him. He only heard the occasional jingle of a coin tossing. Then suddenly a young man walks up to the beggar with a $20 bill and says, 'Sir, You might need this.'

I was taken aback by his noble and polite words. The

beggar jumped up and bowed his head several times, shouting "God bliss you!" until the young man disappeared.

Suddenly, my eyes brightened. I felt better without realizing it. Thomas Merton's words that compassion and love are not simply doing good deeds but finding the spark of God in the other person poured down on me like a great waterfall.

The coronavirus epidemic that has hit the whole planet is bringing people together to brighten our dark days in surprising and innovative ways.

People who used to be dressmakers make masks, and a famous chef who used to work in a restaurant is helping people who are running out of food with his resources and talents.

There are medical volunteers who work hard even in dangerous situations that could cost them their lives. In life, pain and sorrow are always close to us, but we don't see or feel them properly.

It was a year in which I couldn't communicate with the person next to me and lived in my own thoughts, and my thoughts and actions were frozen and paralyzed whenever I moved. If there is anything that has comforted me over the past year, it is the fact that all of humanity is suffering from the same disease. And it is a heart that feels sorry for each other.

There is a great deal of sympathy for the words of social scientists that humanity can never live properly without love and compassion. What makes us unhappy is not the pain caused by disease, but the loss of a warm heart.

Memories of One May Night

One Spring night in late May, I got into an accident on the expressway on my way home. The trees, verdant and lush, stood as if waiting expectantly. It was particularly dark that night and difficult to see. The sky was heavy with clouds, and no stars could be seen. The lack of streetlights on the parkway added to the shroud of darkness. Suddenly, a dark object, probably less than a hundred meters away, entered my field of vision. Worried, I wondered what could be standing in the middle of the expressway blocking traffic. I was driving over eighty miles an hour, anxious to get home as it was almost midnight.

As I approached the black object, I instinctively slammed on the brakes. But it was too late. I was traveling at a high speed and inevitably collided with it. The car rattled and skidded off the side of the highway. I must have lost consciousness for a moment. I woke to a faint voice asking me if I was hurt. A horrible thought flashed through my mind. I could have been seriously injured or even killed if the road had been busy. I was thankful to be alive. Life was a blessing.

Even then, my curiosity nagged at me. What was this dark, mysterious object standing in the middle of the road like a totem pole? A stray dog? Perhaps a deer from the woods? A person lost and disoriented wandering in search of home? Or maybe some mythical monster I'd never heard of? I soon learned that the dark bulky mass was of much more mundane origins: a gigantic tire meant for transport trucks. I sighed with relief that it had not been a living creature. Even the most insignificant life is a noble work of the Creator. Though it was a warm Spring night, my whole body trembled.

The voice I'd heard belonged to a young Hispanic man who looked to be in his early thirties. His girlfriend stood beside him, looking at me with sympathy. She wore a bright yellow floral dress and violet scarf as if covered in Spring. Just looking at her made me happy. Even in this plight, I was reminded that Spring is here. He told me I needed to change my tire but said he was only familiar with sedans, not mid-sized cars. He looked for a manual for my car, a Land Rover, and the required tools.

I realized that the extent of my car knowledge was how to fill up at the gas station. I had yet to learn where those things were and what I needed them for. I was embarrassed at my own ignorance. I've never regretted my indifference and laziness in not doing something about it before. Diligently reading the manual line by line with only a dim flashlight, he worked slowly and with care and was able to replace my tire. This was no easy task, especially in the middle of the night. His girlfriend waited patiently for over an hour, and I was saved from being stranded.

This world is worth living in because of people like him. In my thirty years in America, I have encountered humanitarians like this young man, and they continually impress and move me. I felt so bad for putting him through the trouble, but he said, "You remind me of my mother. I hope helping you means someone will also help my mother when she's in a difficult situation." At that moment, his small stature seemed as immense as the sky. When I looked at his smiling face, I felt liberated. How could he treat a stranger as he would his own mother? Where does this warmth come from? Is one born with it, or can it be learned through experience? I wished for my daughter to one day meet a man like him.

Later that summer, I traveled to Europe on holiday. When I visited Heidelberg, I bought a beer mug that smelled like Germany with the young man in mind. Suddenly a scene from the movie The Student Prince came to mind. I couldn't believe I was where the Prince of Prussia met and lost his first love while studying abroad in a café near the University of Heidelberg.

Three months had passed since the accident. Upon my return home, I sent the young man the gift I had purchased in Heidelberg via UPS. After he received my gift, he came to my workplace and thanked me, saying this had never happened before. Could love be as contagious as the flu? I can never forget that one night in May when a small act led to such happiness and beauty.

Serendipity

Not many people these days wander through the bookshelves of a library looking for something to read. Thanks to the internet, now we can easily access exactly what we are looking for from various sources just by typing in a few key words into a search engine. Though effective, it's quite boring. I've borrowed many books after browsing because I found the title amusing, and I've also returned many of them once I learned that it wasn't what I was looking for. But in this process, I've occasionally discovered new authors and fell in love with their writing.

Joan Didion, a famous American writer and influential journalist, is one author I have come across this way. Her book, The Year of Magical Thinking, in which she discusses the loss of her husband of 40 years, John Gregory Dunne, has become one of my favorites. Discovering something new by accident is an exhilarating event in our mundane lives. It is one of the few small things that invites excitement and makes life more meaningful despite all the pain, tragedy, and suffocating traffic congestion we experience day in and day out.

In the early 70s, less than a month after I arrived in New York, I worked at a small bank in Manhattan's downtown financial district. At the time, I was in charge of large-sum repayments between banks. Once, I struggled to communicate with a Japanese associate over the phone because of his thick accent. I wanted to meet him in person to confirm what was discussed as it was an important task. Luckily, he worked just a block away from my building. During my lunch break, I easily spotted a young Japanese man standing in front of a tall building. The job was well taken care of in the end. Afterwards, we occasionally ran into each other in the mornings while standing in one of the many cashier lanes at Chock Full o' Nuts, a large coffee shop. At the time when Asians were few and far between, we waved to each other as if we were old friends.

Looking back, all the unexpected events I faced then seem like something straight out of a movie. I may have had to give up on my plans or I might have been fired for not carrying out my task correctly. Back then, I was starting a new life in a new place and was extremely busy. My husband

and I charged on with no concrete plans and we were fearful. It was an arduous experience that required a lot of courage, but it was not all for nothing. The moments of discovery and reflection I experienced during these early uncertain times allowed me to grow and become stronger.

In hindsight, such ludicrous incidences would not have occurred if I had a cell phone that can easily resolve any issue. An excerpt from Hwang Dong Gyu's poem Washing Away comes to mind. "I welcome any place where there is no cell phone service. A lovely place of solitude… I shake my cell phone in the air, still no signal… When I shove it back into my pocket and walk on, I realize how wearisome it is to carry around." Today, cell phones have become a necessary item, something that one cannot live without. However, the poet refers to it as something burdensome to have. Everything in modern life is connected to time, and many inventions help us save time. But the more difficult it is to overcome something, isn't the reward that much greater? I wonder why I feel nostalgic about these simpler times now when we often forget that there was once a period before computers. Perhaps because during the early days after immigrating, life may have been slow and frustrating, but we were reliant more on human kindness and connections rather than proficiency.

When I used to live in a house with a big garden, I started my day waiting for the daily newspaper to arrive with a cup of coffee in my hand. On rainy days, the newspaper was always drenched in the driveway. Sometimes, it became our dog's chew toy. When there was heavy snow, we waited and waited until we got fed up and called the newspaper company. It didn't arrive until the evening on such days. The wet newspaper was dried in the sun and I leafed through the torn pages to read through articles in the sports or politics section and the obituaries, topics I'm not really interested in. But, if I came across something interesting by chance, it brightened up my day. I can barely recall such nostalgic times these days.

Now, I read the newspaper online in my small condo. Reading the news in the technology era is so convenient and clean. Everything is fast and efficient. Paradoxically, however, a part of me aches for something. In this age of all things disposable, discovering something by chance has become a kind of art. As of now, there is no software that can replicate this experience. A discovery of coincidence opens my heart and makes my life richer. I long for those times.

Christmas Gifts

During the cold month of December, many bundled-up visitors come to New York for Christmas. Department store windows shine brightly with magnificent colors, and the forty-foot golden angels floating on Fifth Avenue draw the attention of awestruck passersby. There's the unbelievably tall Christmas tree twinkling with thousands of little lights and colored bells, carols that drift and dance through the densely packed skyscrapers, and random exclamations of joy are heard all over. These memorable and marvelous sights and sounds can only be seen and heard in this city.

Gifts are an essential part of the Christmas celebration. Department stores and shops are crowded with shoppers buying gifts and people carrying armfuls of presents. Today, when many live in abundance without lacking much, what do we truly need? Choosing the right gift for someone is a challenging task. I will stress about this around this time. My five-year-old granddaughter has countless clothes, toys, books, and more filling up their small apartment. She has everything she might ever need. What could I possibly give her for Christmas? After much deliberation, I gave her a subscription to the magazine National Geographic Little Kids. It's a thin, small, but excellent periodical filled with various content, including tales about animals and nature, bedtime stories, coloring pages, pictures containing vivid wildlife colors, and puzzles.

Seeing how happy the gift made my granddaughter was worth the effort. Whenever we meet, she asks me if I brought her another magazine. Because my address was used for the subscription, the issues were sent to me. When I receive one in the mail, I wrap it in pretty paper and give it to my granddaughter in person. The joy of seeing her tear open the wrapping with her tiny little hands and react so happily as she flips through the pages is truly a blessing in old age.

A gift doesn't necessarily have to be something materialistic. One of Pearl Buck's short stories tells a tale of a father's gift of love one Christmas morning set on a humble farmhouse. The farmer's son always started his day at four in the morning to milk and feed the cows in the barn. One day, however, the boy was still fast asleep at this time. Not wanting to wake the child, the father said, "he's a growing boy and needs his sleep. I won't wake him anymore."

The child overhears his father saying this. Having felt his father's love for him, the boy decides to present his father with a special gift for Christmas.

Waking up even before dawn, the son does all the chores he used to do with his father in the barn by himself for the first time. When his father discovers what he has done that Christmas morning, he says he has never received such a wonderful Christmas gift and will never forget this day as long as he lives. Fifty years later, the son recalls this Christmas with his father on a lonely Christmas morning, absent his own children, as he writes a letter to his wife. It's a beautiful story I like to think back on every Christmas.

As times change, so do the quality of gifts and the methods used to deliver them. People believe luxurious and expensive things make better gifts, and many order things on the computer or by phone. Emerson said that a gift should reflect the essence of the sender. That is why a poet's poems can be a valuable gift, as well as a shepherd's sheep, a farmer's grains harvested straight from the fields, and a painter's paintings.

The fundamental intent behind gift giving is to provide a yearning soul something to quench their thirst. Nowadays, when many of us seem to have too much of everything, few actually yearn for gifts. But, many crave love and attention.

Would that craving be satisfied if I gave them a gift that contained my heart? A gift is an expression of love for someone. But, ultimately, gifts are best received when they are least expected. The surprise the receiver feels is unparalleled. Trapped by the motions of everyday life, I sometimes get a strong desire to receive a bouquet of beautiful flowers.

December Festivities

Christmas came early this year. Back in March, when the world was in the throes of the pandemic, many families began putting up Christmas lights, and local radio stations played Christmas carols in some of the hardest—hit areas of Canada and the UK. This reminds me of the origins of the Christmas celebration, where on the longest night of the year, followers of the Christian faith in ancient times gazed in awe at the sun on the winter solstice and brightened up their homes with evergreen boughs and imagined life beginning anew.

Mariah Carey's song All I Want for Christmas Is You was adapted to All I Want for Christmas is a COVID Vaccine. Some media companies ran ads where people wore Santa hats and reminded others that "Christmas is coming," with scenes containing cookies for Santa, the movie poster for Elf, hot chocolate, and presents beautifully wrapped under a tree. This video received more than two million views. Were we anxiously waiting for Christmas just as Vladimir and

Estragon endlessly waited for Godot in a barren land?

As a child, I believed in Santa Claus though I did not attend church. Around Christmas, I remember choir members singing at our door, holding lit candles at night. Reflecting on that time, I get the cozy feeling of coming home. Even now, as an adult, I believe in a kind and warm Santa Claus.

At what age do we stop believing in Santa Claus? "Dear Editor, I am eight years old. Some of my little friends say there is no Santa Claus. Please tell me the truth, is there a Santa Claus?" Virginia O'Hanlon wrote this to the New York newspaper The Sun in 1897. Their reply to her, dated September 21, 1897, began, "Virginia, your little friends are wrong. They do not believe except they see." Virginia, who lived in New York, became curious about whether Santa Claus existed after speaking with her friends. She asked her father, who advised her to ask the newspaper. The editor who received Virginia's letter assigned Francis Church, a correspondent during the American Civil War, to reply to the letter, and he wrote an editorial.

He wrote: "Yes, Virginia, there is a Santa Claus. He exists as certainly as love and generosity and devotion exist, and you know that they abound and give. ···there is a veil covering the unseen world which not the strongest man, nor even the united strength of all the strongest men that ever lived could tear apart. Only faith, fancy, poetry, love, romance can push aside that curtain and view and picture the supernal beauty and glory beyond··· ···how dreary would be the world if there were no Santa Claus. It would be as dreary as if there were no Virginias." How witty and inspiring is the reporter's effort to protect Virginia as she attempts to enter the adult world?

The early 20th-century Austrian economist and philosopher Otto Neurath said we are like sailors on a wrecked ship trying to keep it afloat in the open sea. He referred to this as a process of enlightening ourselves by continuously asking what fundamental values make our lives complete: family, happiness, honesty, and unconditional love. I wonder if faith is also like that.

The two protagonists of the editorial are no longer with us, but they continue to remind us that Santa Claus lives on in our hearts. Infinitely warm and meaningful times, which cannot be measured by mere observation, await us.

무성한 떨림
Joyful Vibrations

이춘희 한영 수필집